洋眼看中国

Lady's Mind

女人的心思

〔日〕奥野信太郎 著

王新民　王熹微 译

上海三联书店

奥野信太郎

追忆奥野信太郎先生

（代序）

增田涉[1]

　　佐藤春夫[2]的译作《车尘集》出版时，为之作序的是奥野先生。这是一部介绍中国古代女诗人及其作品的译作。我是从那个时候开始知道奥野信太郎这个人的。我也为佐藤春夫的这部作品做过一些事情，例如给他提供过一些古代中国女诗人的诗作，尤其是她们的传记资料，大多是我提供的。也就是说，我与《车尘集》或多或少有些关系。读着奥野先生所作序文中的那些精美文字，能够体味到他对中国古代女诗人是怀着怎样一种倾慕的情思。我虽说不怎么欣赏他文章的风格，却也留下了深刻的印象。我曾经向佐藤打听过奥

---

[1]　增田涉（1903—1977）：毕业于日本东京帝国大学。日本的中国文学研究者，鲁迅的学生。《鲁迅的印象》的作者，《鲁迅选集》《中国小说史略》等日语版译者。1931年12月2日，鲁迅作《送增田涉君归国》诗："扶桑正是秋光好，枫叶如丹照嫩寒。却折垂杨送归客，心随东棹忆华年。"

[2]　佐藤春夫（1892—1964）：日本诗人、小说家、评论家。

野。左藤说他是庆应义塾大学的。这本诗集译作是 1929 年出版的，那年我从东京大学毕业。如此说来，已经是四十多年前的往事了。

我与奥野先生初次见面，大约是 1938 年，也就是 NHK[①]从爱宕山搬迁到内幸町[②]之后不久的事情。由笹川临风[③]牵头，NHK 举行中国文学座谈会，参加的除了笹川，还有宫原民平[④]、奥野和我。那是我第一次见到从少年时代起就十分仰慕的笹川临风先生，心情十分激动。也许正是这个原因，我不记得与奥野先生那次见面时都说了些什么，做了些什么了。

1940 年初，东成社[⑤]决定出版《现代中国文学全集》（共十册）。佐藤春夫是牵头人，他向出版社推荐了我和奥野。这样，我就有了经常与奥野见面的机会。我们一起商量《全集》的框架，修订出版计划，选定各个篇目的翻译人选……从此，我们二人之间就变得很熟了。

大概又过了三年，某家出版社打算翻译出版《日本外史》[⑥]，还是佐藤春夫牵的头。见面会是在上野池的一家餐馆举行的，出席的

---

① NHK：即日本广播协会。

② 内幸町：位于日本东京都千代田区。1938—1973 年，是 NHK 本部所在地。

③ 笹（tì）川临风（1870—1949）：日本历史学家、评论家、俳人。

④ 宫原民平（1884—1944）：日本的中国文化学者，拓殖大学教授、学监。

⑤ 东成社：日本出版社名称。

⑥ 《日本外史》：日本江户时代后期，赖山阳所著的日本历史书（之所以称为“外史”，意为流传于民间的历史书）。这是一部记载从源平二氏至德川的武家盛衰史，全部用汉文写成。1827 年，赖山阳将这部书籍献给了松平定信。两年后，由大坂的秋田屋等三家书店共同完成出版，全二十二卷。

人大多是佐藤的朋友，有久保田万太郎①、小岛政二郎②，还有奥野先生。酒过数巡，大伙都有了醉意。在佐藤春夫的提议下，奥野先生给大家表演了他拿手的"章鱼舞"③。以前也听人说过，奥野先生是个多才多艺的人。我这是第一次看他跳"章鱼舞"，果然名不虚传。通过这件事，我也十分认同奥野先生多才多艺这个说法。

战后的 1946 年，我在东京大学任讲师，1947 年辞职。辞职的时候，奥野对我说"你来庆应得了"。我应了他的邀请，成了庆应义塾大学的讲师。这样一来，我们就能常常在校园里见面。见面一般是在学校旁边的茶馆里喝茶、说话。有时，奥野先生也会邀我到银座或是新桥那些他常去的酒吧玩。既不会说也不会跳的我，总是提心吊胆地看着奥野先生与酒吧的女子们逗乐，说荤段子，玩得十分开心。我虽说不太适应那种氛围，却也没觉得有什么不愉快，倒是愈加叹服奥野先生的洒脱劲和多才多艺了。

我在庆应义塾大学任教的第二年，不幸得了骨髓炎，独自一人躺在宿舍里（我的家人早在战争时期就都疏散下乡了）。一天，奥野先生来宿舍看我，立即把我送进了庆应医院，帮我办好了住院的所有手续。住院期间，奥野先生也经常来探望。当时，陪护我的是东京大学中国文学专业的学生 O 君和 K 君，二人轮流值班。可是，只要奥野先生一来，他们就会聊得火热，有时谈到兴头上，奥野先生还会给学校打电话请假，课也不上了，接着聊。他们说得有趣，听

---

① 久保田万太郎（1889—1963）：日本小说家、剧作家、俳人。
② 小岛政二郎（1894—1994）：日本小说家、随笔作家、俳人。
③ "章鱼舞"：一种模仿章鱼的样子全身活动的舞蹈。据说，奥野特别喜欢趁着酒兴跳这种舞。

的人也开心，真不得不佩服奥野先生是个聊天高手。

不仅如此，奥野先生还写得一手好随笔文章，这也许与他高超的谈话技巧有关吧。我曾经读过他的处女作《随笔北京》，除了感佩他流畅的文笔与高雅的情趣外，印象深刻的还有他笔下的女性形象。无论是女作家、女诗人，还是京剧名角，或是烟花柳巷的风尘女子，在他笔下都是那么多姿多彩，令人叹为观止。我以为，就凭着他留下的那些随笔名篇，也足以在日本的文学史上占据一席之地了。

当时，庆应义塾大学中国文学专业的学生很少，也没有什么用功的人，后来却人才辈出，涌现出一批本专业的顶梁柱，如村松暎①、藤田祐贤②、佐藤一郎③等，我们之间一直有往来。他们来关西时常常来我这里相聚，也常常给我邮寄自己发表的论文的单行本。有一次，藤田君来我家时告诉了我这么一件事情。说是奥野先生去世后，庆应义塾大学曾考虑过由我来接替他的工作。可当时庆应已经实行了退休制度，要是我过去的话，很快就到退休年龄了，所以，这件事情就没有再提。当时，庆应的中国文学研究团队的成员，差不多都是我二十多年前在庆应工作时的同事，他们还没有忘记只在那里工作过两年的我。听到这个消息，我的心里很温暖很高兴。我感觉到，在庆应中国文学专业这个领域里，我与奥野先生的缘分一直都在。

最后要说的一件事，就是奥野先生一度曾打算攻读博士学位。

---

① 村松暎（1923—2008）：日本文学家、作家，日本庆应义塾大学名誉教授。

② 藤田祐贤（1924—2008）：日本庆应义塾大学名誉教授，资深的中国古典文学尤其是文言小说的研究专家。

③ 佐藤一郎：1952年出生。日本东京大学文学部毕业。山梨大学特聘教授。

乍一听，似乎不像是从他嘴里说出来的话。因为战后曾经有过强制性的规定：大学教授必须具有博士学位。当时，奥野先生已经是教授了，就必须有博士学位。万般无奈之下，奥野先生拟订了一个题目——《欧洲的中国文学研究》，决定写博士论文。他来我这儿收集资料时，还聊起过他的博士论文审查的事情。他说：审查小组必须由三个人组成，中国文学方面就你吧，日本文学方面就请折口信夫①，英国文学方面就请××（名字忘记了）。可是，不知怎么的，这件事情后来就再也没有人提了——没有博士学位照样可以当教授。可想而知，不用为取得博士学位而大伤脑筋，不必去背"博士"那么个麻烦的头衔，这对于奥野先生来说，又何其幸哉！

---

① 折口信夫（1887—1953）：日本民俗学家、文学家者、日本语学家，也是诗人、歌人，号释迢空。

目　录

追忆奥野信太郎先生（代序）

女人与味

有这么一句古语，叫"君子远庖厨"。古时候，女人是被当作"小人"来看待的，不能列入"君子"的行列。这要是在现在的话，还不得被她们骂得狗血喷头？把女子与小人放在一起，那么，君子肯定就要高出他们一头了。在中国的古籍上，一直就是这么写的。所谓"君子"，用现在的话来说就是"知识分子"；而"小人"，大概就是"非知识分子"吧。古人把女子与小人相提并论，意思就是说，女人即使是知识分子，也不能加入君子的行列。如此一来，若是遭到女人们倒竖着柳眉的严厉斥责，也并不能算是冤枉。

所谓"君子远庖厨"，有人也许会这样解释，说：君子就是不能进厨房，不能干杀猪宰鸡那些活，不能听牲畜被宰杀时发出的惨叫声。我倒是认为，厨房里那些碟子、碗的碰撞声，还有烹煮食物的气味，可能会干扰君子的静思，所以必须远离厨房。这种解释也许更加符合实际的情形。

女人天生就是与厨房结了缘的。可是，现代社会好像形成了一种鼓励男人们在厨房里忙忙碌碌的风尚。从古代的词语来看，所谓"家事万端"，其中的"家事"当然包括了厨房工作。要是把做饭做菜排除在外的话，男人们还有什么可做的呢？

　　当然，从职业角度来讲，又另当别论。技术性职业远不止厨师这个行当，裁缝等工作也都属于技术行当。我认为，在职业技术方面，技术顶尖的一般都不是女人——裁缝也好，厨师也罢，技术要达到出众的地步，就不是女人能够胜任的了。不过，在日常的家庭生活中，做饭做菜的厨房工作一般都是由女人来承担的。

　　自古以来，我们就接受这样的教导：夸奖别人家的腌菜，是一种失礼的行为。因为人们习惯上认为，腌菜的口味是与那家女主人的味道相关联的。如果她所腌制的腌菜口味适中，咸盐的配比合适，就说明这家女主人的感觉是细腻的，是能够体察男人心思的。而女人的味道和感觉，是一个家庭比较私密的事情。这个结论是毫无争议的，可以看作是古代流传至今的一个真理。

　　我也不管它是不是失礼，只要邻家腌出了美味的腌菜，我都会情不自禁地夸上几句。大部分女人都不会对此表示反感。我想，她们可能根本就不知道夸奖她所腌制的腌菜意味着什么，或者，即使她是知道其中含意的，也会故意装作不懂，只是将我的夸奖局限于腌菜上。如果当时她骂一声"真讨厌！"而满脸通红的话，反倒变成一件奇怪的事情了。

　　有关腌菜味道以及与之相关的习俗问题，我曾经向一个老妓讨教过。她说：

　　"的确如此。不过，如果是神经质的女人做腌菜的话，因为她爱美，也就喜欢打扮，就总是喜欢洗澡啊。"

这是她给我的解释。但是，爱打扮、爱洗澡与腌菜味道的好坏又有什么关系呢？实在令人不得要领。

正月里吃的杂煮①，各家各户都不会有太大差别。近来出现了一种叫"鸭杂煮"的新品菜，难得一见。不久前，东京人在年底互相赠送礼品时，有喜欢送鸭子的，所以，我们能在活禽店门口挂着的用黑色棕榈绳系着的成排的竹笼子里，看到羽毛丰满的鸭子。

"鸭杂煮"是冬季最受欢迎的佳肴。但即便同在东京，这种清炖鸭子的杂煮，其味道也是各家有别。各地制作的杂煮更是千差万别，有加入细海带丝的加贺杂煮、使用小豆的长州杂煮，等等。人们总是喜欢说"乡土菜肴"，那光是"乡土杂煮"就有多少种啊？都是做法不同、口味各异的。

有意思的是，在现在没有公婆的新式家庭里，杂煮差不多都是新妇沿袭娘家的做法。所以，新媳妇如果是关东人，做的就是清汤杂煮；新媳妇要是关西人，做的自然也就是味噌杂煮②了。新郎对杂煮的味道只好将就，一切只能服从新妇娘家的口味了。这也并不是说新妇要故意显摆娘家的风味，杂煮这个菜就是这样，习惯成自然，是勉强不来的。当然，家里要是有婆婆、姑子的话，做的杂煮自然就是自己家的风味了，由不得新妇自作主张。

事实上，新妇从娘家带来的杂煮手艺，有时也是可以在婆家与

---

① 杂煮：一种日本料理，是以饼为主，加上酱油、味噌等调料做成的汤菜。日本人一般是在正月里食用，各个地区和家庭在调味方面也有不同。

② 味噌杂煮：将土豆、萝卜、洋葱等放入锅里炒过之后，再加入味噌调味的一种日本的杂煮菜肴。

婆婆的手艺相抗衡的。一般这种情况是因为新妇在婆家具有比婆婆更大的权威，说话更管用。不仅仅是杂煮，孩子的教育、金钱的出进等，都由新妇做主，就连丈夫有时也得仰媳妇的鼻息。

我清楚地记得一件与此有关的往事。江户时代，有个古刹里的长男与神田旧书店老板的女儿恋爱了。经过很多波折，最后有情人终成眷属。他们请我做媒人。新婚不久，新妇就展露出了锋芒。所谓"锋芒"，并不是说烙饼时烙出了棱角。新妇历来心气高，不仅把丈夫收拾得服服帖帖，就连婆婆也敢顶撞，而且还总是自己做主。要是说江户时代的古刹，每年新春之际做的杂煮，理所应当是清汤杂煮。可是，经过这个新妇的手，很快就变成关西的味噌杂煮了。那个仰新媳妇鼻息的丈夫，每年新春也就只好唯唯诺诺地吃味噌杂煮了。

那年正月里他来我家，揭开杂煮的碗盖后，感慨良深地叹息道：

"啊，好几年没有吃上这样的杂煮了。"

通过一家人家杂煮的做法，我们就能了解他们家丈夫与妻子、婆婆与媳妇之间势力的消长。这也可以说是一种乐趣吧。

王建①以《新嫁娘》为题所写的那首五言诗，想必很多人都是知道的吧。

三日入厨下，

洗手做羹汤。

---

① 王建（765—830）：字仲初，颍川（今河南许昌）人，唐代诗人。出身微寒，一生贫困潦倒。一度从军，约46岁时入仕，曾任昭应县丞、太常寺丞等职。后出为陕州司马，世称"王司马"。与张籍友善，乐府与张齐名，世称"张王乐府"。其著作有《新唐书·艺文志》《郡斋读书志》《直斋书录解题》《崇文总目》等。

未谙姑食性，

先遣小姑尝。

王建的这首诗，描摹了新嫁娘的巧思慧心。第一次烧饭菜，不知婆婆的口味，那就先请婆婆养大的小姑子尝一尝吧。新娘的机灵聪敏、心计巧思，跃然纸上。

这样慧心巧思的新嫁娘，现在恐怕已经很难寻到了。丈夫说："这个菜太辣了。"媳妇会很平静地道："那就用开水冲淡点吧。"要是丈夫说："这个菜太甜啦。"媳妇会回敬道："桌子上不是有盐罐子嘛。"如今，类似这样气势很冲的妻子可不在少数啊。

到了一定的岁数，很多人都会怀念母亲的味道。可是我并没有这样的"怀念"。我小时候哪来现在这么多好吃的食物？食材也没有现在丰富。所以，相比之下，那些粗陋的羊栖菜①与油炸豆腐，远不如同样简单的中国菜当中的炒菜好吃。要是说清淡朴实的味道的话，凉拌山菜就很不错。

说到山菜，不由得令我想起七八年前，我在横手古城遗迹池塘边的一家小酒馆里，就着山菜制作的菜肴，慢慢喝酒的往事。酒馆里只有老板娘和一位半老的女佣，另外还有两只猫。厨师就是老板娘，也没有什么像样的菜肴，基本上都是地里采摘的家常菜，充满了田野的新鲜气息，这给我留下了极其深刻的印象。

我还记得，当时走廊上淡红色的合欢花开得正艳。

---

① 羊栖菜：一种藻类植物，别名鹿角尖、海菜芽、羊奶子、海大麦等。可做蔬菜，亦供药用。

女人与酒

　　有些人，与其读他写的文章，还不如当面跟他聊天来得有趣。已经去世了的西村伊作①就是这样的一个人。他出版了许多作品，可我总觉得，他的作品读起来并不是那么有意思。但见了他的面，听过他那天衣无缝的谈话，他纯真烂漫、自由自在的聊天风格，给我留下了十分深刻的印象，令我终生难忘。

　　我曾经有过一次与他当面交谈的机会。他说，自己的家乡和歌山的鸟儿的啼鸣声，就与他家乡的方言一样。他还绘声绘色地给我演示了他家乡鸟儿的叫声。我在听他闲聊的时候，突然想到，他家乡的酒又何尝不像他家乡的女人呢？

　　威士忌当中有英国女人的味道，啤酒当中有德国女人的味道，

---

① 西村伊作（1884—1963）：出生于日本和歌山。日本教育家，文化学院创始人，是日本大正至昭和年间有影响的建筑家、画家、陶艺家、诗人、生活文化研究家。

葡萄酒当中有法国女人的味道，老酒①当中有中国女人的味道，那日本酒当中自然就有日本女人的味道了。

　　要是说到女人的味道的话，或许有人会联想到猥琐的东西。可我想说的并不是那个意思。比如说，威士忌也好，白兰地也好，喝醉之后也不会有特别难受的感觉。这不就是英国、法国女人们的那种干脆劲儿？那种宿醉到第二天还让人昏昏沉沉的日本酒，某些方面不是也与日本女人很相似？

　　中国酒也是醉就醉了，醒就醒了，不那么拖泥带水。在中国，打酒是称分量的，他们的三斤差不多相当于日本的一升。稍微有点酒量的人，喝一升是轻而易举的事情，尤其是喝老酒。而喝白酒的话，大概是半斤左右吧。通常能喝三斤老酒的人，白酒差不多是四两的酒量。老酒喝三斤，或者白酒喝四两，也能够达到陶醉舒畅的境界了，是一种很愉快的心情。若是陶然而醉，醒来之后依然感觉很快乐，这种美妙的境界真的不知如何形容才好。

　　说起中国女人，总是会从日本人那里听到一些负面评价，说中国女人姿容美丽、皮肤水润，但性情乖张。所谓"性情乖张"，似乎是说中国女人在离别之际，没有那么浓厚的眷恋之情——大概是指她们对待离别的态度。这或许是日本男人已经习惯于日本女人那种缠绵悱恻的情调，而心存戚戚的缘故吧。从前妓院盛行的时候，日本的男人已经习惯于被妓女照顾了：早晨起床盥洗的时候，陪夜的妓女必定会站在男人的身后，温存地为男人整理衣衫；等到男人穿上鞋子准备离开时，她们会立刻扑过来，双手搂住男人的脖颈，在

---

① 老酒：即存放时间较长的酒，这里指黄酒。

他怀里轻轻地磨蹭着，嘴里喃喃地央求道："您要快点来哦。"会调情的女人更不会忘记莺声浪语地与男人缠绵一番。想必日本的男人们是很吃女人这一套的。这虽是妓院的常规做派，但要将这种色情行业的老把戏用到现实生活中来，就有些说不过去了。要是某些人被这种习惯惯坏了或上瘾了，那又另当别论。总之，女人的问题解决不好，总是黏黏糊糊的，就如同宿醉的感觉一样，是很折磨人的。

拼命喝酒的时候，可能把什么都忘了。可等到第二天早上醉得起不来床的时候，想到酒就感到恶心。喝解酒的萝卜汁也好，服用修复肠胃的药物也罢，都不可能治愈那种总想呕吐的难受。谁也忍受不了宿醉的痛苦，而与女人纠缠不清，与宿醉的痛苦应该是一模一样的。

中国女人在情感方面的依赖心和嫉妒心，与日本女人也没有什么两样。因为男女感情上的纠葛而大吵大闹的情况，我在中国也看到过多次。中国老百姓夫妻之间的吵架，一般先是在室内，关着门吵。但很快就会转移到室外的公共场所，在众目睽睽之下一较高下。他们吵得热闹，也吵得坦然。也就是说，他们打的是舆论战，谁能吵，谁的宣传到位，谁就是赢家。一旦争吵有了结果，立刻由阴转晴，彼此再无芥蒂。他们这样在大庭广众之下吵架，为的是让邻居们评判个是非曲直。吵架双方看似在争那口气，实际上是想要争得他人的评判。可以说，阅遍人世间，大概再也找不到像中国男女之间那种明快而又豁达的吵架方式了。我所说的"能够一下子让人醉，又能够让人在不知不觉中醒"的中国酒的味道，就是类似这样的一种味道。

从前，有家名叫"京修"的酒馆。一天，来了个很矮的男人。

"上酒！"这个男人喊道。

酒馆里的人看他这么小的个子，感到很疑惑。寻思道：他也能喝酒？谁知喝啊喝啊，他一下子喝了三升酒。他本人很开心，店家自然也很高兴。

他告诉店家，自己姓成，名字叫德器。他说，一般人随着年龄的增长，酒量会慢慢地下降，自己却正好相反，年纪越大，酒量也越大。说着说着，只见他手舞足蹈地跳起舞来，同时嘴里喊着号子，慢慢地，脚步也越来越快，在屋里转起了圈。当他转到门口时，脚步有些摇晃。本以为他会撞到柱子上呢，没想到"当啷"一声响，人竟然不见了，只见店堂里陶片四处飞舞。原来，这个名叫成德器的醉客，是一只装酒的瓮子变化而来的。据说，这个酒馆的老板被惊得目瞪口呆，连连赞叹道："酒仙啊，酒仙！"

人死后被埋进土里，然后再把这埋尸的土烧成酒瓮，这样，人就可以一直泡在酒里了。这样的想法，在中国六朝的晋代就很流行了。中国的晋代，是酒与女人的时代。诗人也好，哲学家也罢，都是放荡豪饮之辈。他们能够从早上开始饮酒，然后再服用丹药，唯求能够永远保持旺盛的精力和愉悦的心情。

有一种叫"五石散"①的丹药最有名。据说，这种丹药药效很强。假如服用不当，会有丧命的危险。中国的魏晋时代，是个好色的时代。"五石散"这种药，既能济好色之欲，又能使人变得更有魅力，自然大受欢迎。据说，魏晋的许多美男子，如何晏、夏侯玄、

---

① "五石散"：又称寒食散。相传其药方始于汉代，盛行于魏晋。其药性燥热剧烈，服后人会全身发热，并产生一种迷惑人心的短期效应，实际是一种慢性中毒。

嵇康等人，都服用过"五石散"。

与"酒仙"相对应的，还有"情仙"。正如酒喝到一定程度就会成仙，情深到一定的程度也必然会成仙。酒与情，原就是能醉人的，并且都是会伤身甚至伤人性命的。真是不敢想象，在这个世界上居然存在着这两种性情及优缺点几乎完全相似的东西。

日本人把不善饮酒的人称为"下户"。现实生活中对女人不感兴趣的男人也不在少数，我借用"下户"这个词语，称这些人为"女人下户"。

"下户"也好，"女人下户"也好，这些都是人的天生性情所致，无可非议。不过，在我看来，人来这个世上走一遭，如果不做"下户"或者"女人下户"的话，人生会变得更加从容，更加有意思。

那些沉溺于酒色和女色的人，简直就是自找麻烦的一帮蠢货。而那些所谓"酒仙""情仙"之流，又是怎样的淫乱，怎样的令人哑然失笑？说到底，还不是给别人添麻烦。

也有一些男人，酒喝得不多，但特别热衷混迹于酒宴上。这些人倒不至于干出淫乱的勾当，却与那些沉溺于男女之间逢场作戏的男人很相似——二者喜欢的，都是能够陶醉自己的氛围，是一种心理上的满足。这样做倒也无可厚非，但若想把这种"喜好"维持下去，没有大量的金钱和时间恐怕是不成的。你若并不怎么能喝酒，却特别喜欢酒桌上的氛围的话，作为家里的一家之主，势必就很难有时间照顾自己的家人。你若热衷于男女之间那种纯粹的逢场作戏，随之而来的赠送礼物也好、约会也好，恐怕还得选一些高档的物品吧。假如你吝啬，装得穷兮兮的，那么，这个"逢场作戏"也就"作"不下去了。

在《红楼梦》中，最初出现了两个怪和尚，说了一些令人费解的话。不过，要是静下心来，认真品味他们说的话，还是大有裨益的。他们认为，人生的至乐莫过于"酒仙""情仙"而已。我们这些人恐怕就连"仙"字的边也沾不上，就得终了一生。可这也是无可奈何的事情啊。

女人与书

一般来说，每个人家里都会有那么几本收藏多年的辞典，譬如爸爸在念书时用过的英语辞典、姐姐用过的汉语字典，等等，背后都有说不完的故事。再看看我桌子上摆的那几本吧，我是个常年与文字打交道的人，哪能缺了辞典？再多也不会感到厌烦。就内容而言，还是新的更加丰富，用起来方便。但要论起感情或是喜爱，还要数那些旧的用得顺手的。其中有几本旧辞典在我念书时就开始用了，虽说已经磨损得缺角少边了，可我就是舍不得扔，一直供奉在家里的书架上。

每每面对书架，看着那几本老朋友般的辞典，最让我留恋的，还要数三岛中洲、重野安绎、服部宇之吉等人编集的《汉日大辞典》。这本辞典是1961年由三省堂出版的。辞典编得很粗糙，翻开一看，随手就能找出错误。但它的检索方法却是独一无二的，用起来特别方便。通常，汉日辞典都是根据单词的第一个字来检索的。例如，查到"欠"字之后，再在它下面的词汇中寻找诸如"欠乏""欠礼"等词汇。可这本辞典不同，它把词语中开头的那个汉字放在了后面。例如，翻开"欠"这个条目时，你会发现排列在下面的是"违欠""旧欠""补欠"等词语。乍一看好像有些不合常规，却很管用。

坦白地说，我刚开始用这本辞典时也很不适应，心想：世上怎么会有这么奇怪的辞典？于是，就把它卖了，另买了一本。可是，之后我发现，一旦需要查找与某个汉字相关的词语时，常常一筹莫展，便又会想起三岛中洲等人编的那本辞典的好处来。幸好，后来在一家古旧书店，我又遇见了这本辞典，就毫不犹豫地买了下来。

辞典如常年相守的老妻一样。虽然男人有时会不自觉地看几眼别人的老婆，或眼球被路边的女人暂时吸引过去，但绝不会轻易抛弃自己常年相伴的爱人。就如用惯的辞典一样，是绝不会轻易抛弃或送给他人的。

其实，不光是辞典，伴随自己多年的书也一样。这个与女人还是有点不同。在人生的道路上，男女双方的纠纷从来都不会断绝，而大部分纠纷又都发生在彼此分离的情况下。两个人好的时候，有说不完的甜言蜜语，而一旦双方关系出现了裂痕，就会将那些甜蜜的时光忘得干干净净，有的甚至彻底决裂，各奔东西。然而，曾经相依相伴的男女之间，要说立刻一刀两断也并不那么容易。一般都是双方先发生争执，这样麻烦就来了。这时的女人，就会从曾经乖巧的小鸟变成毒蛇，并且以蛇蝎般的心肠向对方发动进攻。书本与女人就完全不同了。书绝不会因为你购买了一些内容与它相同而版本不同的书就记恨你。当然，一直伴随着你的书籍，也不可能妒忌你的见异思迁。我想，世上的藏书之人，最难控制的情感，大概就是孜孜追求书的欲望吧。尽管如此，你即便买了再多的书，那些摆放在书架上的其他图书也不会站出来谴责你的。

一个爱书之人在迫不得已的情况下，不得不卖掉一些自己喜爱的藏书，那种无可奈何的心情，与被迫跟自己喜欢的女人分手是完全一样的。当然，那些被卖的书籍并不会吱声。然而，当你拿着这些藏书去旧书店的时候，就会觉得它们在以一种古怪的表情直视着你，那真是一种难以言说的孤寂与无奈。它们像是活的生命，无言地瞪着你，露出十分不解的神情。而此时此刻，藏书人内心深处的爱惜与不舍，简直就是一种痛苦的精神折磨。

如果那些卖到旧书店的书颇受藏书家们的喜爱，或马上就被人买走还好，就怕放在那里没人搭理，而自己每次去旧书店都会看到他们孤零零地待在书架上，没有归宿，就会更加心疼不已。那种失落感，就与听到自己曾经的恋人如今过着寒酸日子时一样。当然，书籍本身是不会传达出任何悲观情绪的，也不会向曾经的主人抱怨什么，只是埋没在灰尘里，待在书架上一动不动而已。尽管一声不响，你也能感受到它们的痛苦与不幸——仿佛在恨恨地瞪着自己原来的主人。也许正是因为它们不会发出声响，那种默然的怨恨就好像更加强烈。

如果世上果真有像书籍一般温柔体贴又让人心疼的女人，我想，在这样的女人面前，男人们一定会心服口服、五体投地吧。可现实恰恰相反。女人们的强势常常会让男人喘不过气来，这样一来，男人们就容易变得自暴自弃，做出一些荒唐的事情也就在所难免。

如果有幸再赎回那几本难以割舍的、已经卖掉的书的话，那心情该是多么激动。本来就是自己喜爱的书籍啊，不得已卖掉之后，心里就一直有愧。所以，在自己开心的同时，也仿佛觉得那些被赎回的书籍在对自己微笑。这也是一种解不开的缘分吧。也许有人看不惯藏书家们这种自作多情，但终究也改变不了他们的执着，解不开他们的心结。

如果找到一本自己心仪已久的书籍，未必一定是自己卖掉的那本，也同样会满心欢喜。这不仅能够弥补心里的愧意，也可以挽回曾经的失落。这一点，若是在男人与女人之间，大概就完全没有可能了。曾经的一段感情，一旦失去以后，大部分也只能让它烟消云散。

书籍绝不会像现实当中的女人那样玩弄男人的诚心。所以，历来也就没有见过哪个爱书的男人，会像佐野次郎左卫门①那样，因为情感上产生的怨恨而大开杀戒。世上确实有许多不惜代价收藏图书的藏书家，如永井荷风②青年时代的好友，即《古文旧书考》的作者岛田翰③，就曾经因为几本古书招致灭顶之灾。说实话，与男女之间的纷争相比，像岛田翰这样因书籍而生事以致人生毁灭的，还是极其罕见的。

---

①　佐野次郎左卫门：日本江户中期下野佐野一带的农民。由于他痛恨江户吉原的妓女八桥，在1716—1736年，除杀死八桥之外，还滥杀了众多无辜。当时这个事件被称为"吉原百人斩"，后被编写成歌舞伎剧本上演。

②　永井荷风（1879—1959）：日本著名小说家、散文家。1902年即以自然主义倾向的小说《地狱之花》成名。曾游学美国、法国，写有《美国故事》《法国故事》。回国后任大学教授，并主编《三田文学》杂志，倾向唯美主义。

③　岛田翰（1879—1915）：日本著名汉学家，出身在东京一个极负盛名的知识分子家庭。对古籍有惊人的鉴别能力，21岁时写出《古文旧书考》，该书被誉为划时代的开山巨作。1915年因盗卖日本国宝被发现而畏罪自杀。

好书与好色有时很相似。我的朋友户板康二①也是一位藏书家，一直以来不断地在各地的古旧书店一本一本地淘泉镜花②的全集，这一淘就淘了一辈子。最后，苍天不负有心人，都被他完美地淘到了手。我想，这就和一个男人长期追求心爱的女人，最后终成眷属的喜悦是一样的吧。

虽然过去有一些书籍描写男女之间的事，说什么女人是要看面相的，什么人中要深一点，鼻梁要高一点……说来说去，都是无稽之谈。男女之间到底合不合适，还得在同一个屋檐下生活才会明白。

与女人相比，书籍就简单多了。一般来说，把事先看中的书买到手，不会有什么大差错。当然，偶尔也有例外。比如有时拿到一本书，看上去还不错，可等到买回来之后，却越读越失望，心里就别提有多气愤了。

世上有些书籍像老婆，有些书籍像情人，有些书籍像妓女，有些像别人的妻子，有些像自家的女佣，还有些像女秘书……可以说，世上有多少种类的书籍，也就有多少种类的女人。

如果说，每天摆在桌子上的辞典就像是自己的老婆的话，那么，几本自己喜爱的诗集就像是情人，而家庭实用指南就像是女秘书，它们各有各的特长，各有各的表情与性情。那么，女人与书籍之间的根本差别是什么呢？那就是，不管你收藏多少书籍，都绝不会有遭遇嫉妒之心的后顾之忧，更不必担心会受伤。

---

① 户板康二（1915—1993）：日本戏剧、歌舞伎评论家，推理作家，随笔家。
② 泉镜花（1873—1939）：日本小说家。活跃于明治后期至昭和初年的日本文坛。他除了创作小说之外，在戏曲、俳句等方面也颇有成就。

女人与家

　　一个家庭的气氛通常都是由这家的女人决定的。女人要是懒惰，打不起精神来的话，家里就会死气沉沉，连空气都会变得浑浊，孩子们也会没有规矩，家里看上去就是一团糟。

　　最近我家附近新建了不少公寓。住户一多，人数自然就增加了。一到傍晚时分，会有很多女人匆匆忙忙地从各个角落走出来，去几家新开的商场买东西。女人们络绎走出家门，就像一支队伍似的走上了大街。这种情景，在前几年是根本看不到的。看着街上匆匆来去的女人们，光从她们的穿着打扮上，也能观察出一些有趣的事情。有的邋邋遢遢，有的利索干净，有的面相狡猾，有的楚楚可爱，有的傻傻乎乎……真可谓千差万别啊。不用多说，只要看到她们外表的气质，自然也就可以想象出她们的家庭氛围了。

　　许多人在公寓里住了两三年之后，就会萌生贷款盖一处自家住房的想法。一旦有了自家的房子，女人也就有了施展的场所，洁癖可以得到充分的发挥，把自己的一切嗜好体现在家里的每一个角落。"妻"和"妇"这两个字都是表现女人手里拿着笤帚的样子，也就是说，在中国古代社会里，妇人最重要的家务就是打扫，会打扫家的女人才是人们理想中的好妻子。照理说，家务是分很多种的，要是在这两个字里面，哪怕有一点点表示做饭或者什么别的家务也好啊，可偏偏这两个字都是打扫的意思。也许，在古代的习俗当中，家里的祭祀仪式都是由女人操持的，打扫是一个很重要的环节吧。所以，女人与打扫，尤其是"妻"字与打扫之间就有了不可分割的渊源关系。如今的妻子们早就与那些神祭、佛祭不沾边了。现在还能看到多少家庭供奉佛龛、神龛之类的东西？所以，现在的女性们宁愿将时间耗费在读杂志、打电话上，也不会花时间去供奉佛祖或是神灵。因为她们不懂"打扫"这项家务的神圣含义，谁要说打扫是妻子的一项重要家务的话，她们立刻就会大声地抱怨：

"这些男人们多么自私啊！总是把我们女人当作家里的一块抹布啊。"

可是，说到底，一个女主人要是整天只知道化妆打扮，而把房间弄得像鸟窝似的，在外人看来也未免有些寒酸不雅吧。但是，你要是这样说了，人家也同样能够找出反驳你的理由：

"哼，我化妆打扮不也是在抬举你吗？谁不喜欢有个好看的老婆啊。总比家里待着个丑八怪强吧。"

你瞧，她们开始以恩人自居，大声地宣扬自己的主张了。

其实，很多事情我只是听说而已，也没亲眼看到过房间到底能邋遢成什么样子。我邻居家的年轻媳妇就是那个样子。她从来不把打扫这件事情放在心上，每天最在乎的就是那张年轻的脸。这样一来，那妆容也就变得越来越气势非凡。她浓厚的大眼妆，哪怕相距很远也能看得一清二楚。那浓妆大眼就像是骸骨的眼窝一样，远看简直就像是两个黑色的大窟窿。

还有，喜欢在房间的墙上安装架子的女人通常也是比较懒惰的。

"房间太窄了，不装几个架子怎么放东西啊。"

这类女人的说辞也是冠冕堂皇的。她们从来不会在乎家里墙壁上那一排排的架子会让房间变得多么别扭，让人心里发闷。不用说，这样的女人，平时在家对丈夫的态度一定很强势。这些喜欢装架子的女人，不光在公寓里这么干，搬到别墅之后往往也戒不了这个喜好。

这令我想起了小时候的事情。从前在麹町的山谷里住着一位姓卢的太太，她的丈夫是一家报社的社长。当时，我们家也不知道为什么与卢家走得很近，我经常去她家串门。卢太太家的大女儿活泼大方，小女儿腼腆少语。大女儿常常把家里的柜子、壁橱打开，从里面掏出糖果悄悄塞到我手里，有时还会读自己喜欢的图画书给我听。在她家待着，我感觉既新鲜又自然，所以，也就总是往她家跑。

因为卢太太家的房子盖在山谷里，所以屋子里总是黏糊糊很潮湿。房子周围树木繁茂，阳光照不进来，又有点儿阴森的感觉。走进房间，一股霉味扑鼻而来。房间的墙上装着一层层架子，架子上堆放着旧杂志、旧报纸等杂七杂八的东西，还有大大小小的盒子、罐子，一个挨着一个摆了好几层。虽然我那时还是个孩子，但看着心里也挺别扭的。

"卢太太也真是的，家里房子那么大，怎么还装那么多架子，一看就是乡下人。"

我还记得母亲曾经为这事唠叨过几次。我倒是没问过母亲，"架子多"与"乡下人"这两件事之间有什么必然的联系。可就算我不问，看看卢太太家的样子，大概也就明白母亲的意思了。

可惜的是，我已经记不清楚卢太太的长相了。印象当中，她个子不高，脸孔瘦削。虽说我当时并不知道她的性格怎样，但根据后来的经验来判断，喜欢在家里墙上到处装架子的女人，往往都是一些性格懒散、固执好强，而且对自己的丈夫态度强横的女人。

家里盖房子的时候，女主人的意见当然是不可忽略的。可一旦把主导权都交给女主人的话，性质就发生变化了。我有一个朋友家里盖房子，把一切都交给妻子去打理。盖好的房子虽然功能强大，但是七拐八弯像个迷宫一般。每打开一扇门，就会收获一份惊喜。譬如，随便推开一扇门，就会发现自己走进了厨房。通往后门的通道也设计了好几条，如果有不相识的客人来访，彼此不碰面就可以悄悄地从后门离开。这样一来，或许能避免一些不必要的尴尬吧。可同时我也感到，能够设计出这种房子的女主人，是不是心机太重了？那么在乎细节，是不是让人有些不自在呢？一想到这些，我的心里就有点惶恐。其实，这家女主人的吝啬在我们朋友当中也早已是出了名的。没错，也只有这样的女人，才能设计出这种迷宫般的房子吧。

说到底，家与女人之间的关系是密切的。老婆掌权自不必说，一个家里只要有一个唠唠叨叨的老婆婆或是喜欢搅事的老妈妈，就必定会弥漫着一种紧张的气氛。晋代文学家夏侯湛①在他的《昆弟诰》一文中曾经说过"纳诲于严父慈母"，而宋代王安石却说严母才是有智慧的母亲。可我并不赞同这样的说法，严厉的母亲有什么好的呢？当人们待在宽敞的屋子里，会有一种很安逸的感觉。母亲就像家一样，宽敞舒适好伸展，性格宽容不计较，我欣赏这样的母亲。其实，妻子也好，母亲也罢，宽容大度与不计较的心态才是最重要的。我这么说，绝不是在为世上的男人们作辩解。如果把家里的事情交给一个性格从容不迫的女人去打理的话，这家人家的氛围也就自然会变得安逸许多。宽敞的客厅，看起来并没太多用处的走廊空间，丰富的收纳空间，墙上看不到那些刺眼的架子……这样的家，自然也就最适合于从容不迫的女主人了。我以为，宽敞的居住空间与人的性格之间，应该存在着一种因果关系吧。

说到底，丈夫只是名义上的一家之主，操持的家务显然没有妻子那么多。在我看来，"丈夫"这个词很直白，不像"妻子"这个词可以给人以丰富的想象。在平安时代②的文学作品里，我们常常会看到用"净"这个词来形容美丽。其实，这说的也是一个理想的生活环境。这种"净"的概念与贫富无关。不管多么贫穷，日子也可以过得很"净"。也许，就这一点而言，女人比男人更加有灵感。可如今，大多数的女人已经不去领悟这些了。我这么大着胆子说三道四，看来得做好挨骂的准备啊。

---

① 夏侯湛（243—291）：字孝若，谯国谯郡（今安徽亳州）人，西晋文学家。东汉征西将军夏侯渊曾孙，曹魏兖州刺史夏侯威之孙，淮南太守夏侯庄之子。
② 平安时代（794—1192）：日本古代的最后一个时代。平安时代是日本天皇政府的顶点，也是日本古代文学发展的顶峰。

女人的心思

　　当看到一个女人总是任劳任怨、饱受折磨时，心里就会感到难受。这种情感有时带着倾慕，有时也会变成厌恶。当然，这种变化也是因时因事因人而异的。而且，根据我的经验，这样的情感一般都源自男性，也可以说是作为一个男人所应该具备的慈悲心肠吧。不过，事情并非绝对，例外也是有的。例如，自小我们就知道弗罗伦斯·南丁格尔这个人。书中说她是一位勇敢的女性，怀着慈悲的情怀。她在克里米亚战争时期奋不顾身，四处奔波，舍己救人，完全是个完美的圣母形象。可是，你要是读过英国作家伍德翰姆·史密斯所写的《南丁格尔传》，就会知道南丁格尔是一位性格倔强、占有欲强、理性并且极具政治抱负的女性。她的这些性格特征，与我们从小所熟知的南丁格尔可谓大相径庭。每当想到她是一位脸色冷峻，即使远离家乡奔赴战场也不动声色的女性时，我的内心深处除了仅有的一点敬佩之外，就再也没有怜惜之情了。她是个具有坚强意志力与强大占有欲的女人，但从不流露哪怕是一丁点的和蔼可亲，始终坚持以极其率真的姿态去从事伟大的事业。我想，这样刻板的女人，这种过于严肃的表情，怎么会有吸引男人的魅力呢？恕我直言，即使南丁格尔长相出众又怎样？我这样说，也许有人心里会感到不快，但我只是就事情的另一个侧面做出的判断，并非无理取闹。我也并不是说像她那种外表热情高涨、内心充满博爱的人有什么不好，但是，要是能够既有博大的胸怀与坚强的外表，又有柔软细腻的内心世界，能够真切地让人感到温馨的话，岂不是更加完美？我这样说，是表达了男人们的一种向往，虽然有点鲁莽，却也不失为男人的可爱之处吧。

类似于南丁格尔这样强势的西方女性，与传统东方女性之间有着很大的区别。她们既具有冷静的外表，又能够表现出满腔的热情；既具有极大的占有欲，又具备敬业的精神，还充满着神圣的慈爱。我想，正是因为她具有这种独特的个性，才成就了一番伟业。而我之所以对此表现出难以理解，是因为我终究是个凡人，不可能达到她那种圣人般的境界。更何况，她作为一名女性，缺乏我欣赏的"柔性"这种女性特质。在这一点上，东方女性往往比较懂得变通——她们在具备柔性的同时，也不缺乏刚性，明事理识大体，不会在小事上纠结。简而言之，东方女性更看重礼教，很多沦为死守儒家教义的牺牲品；而西方女性则更加理智，社会性更强一些，偶尔还会泄露一点忧伤的情怀。英国的勃朗特三姐妹①是家喻户晓的作家，

---

① 勃朗特三姐妹：《简·爱》作者夏洛蒂·勃朗特、《呼啸山庄》作者艾米莉·勃朗特，以及《艾格妮丝·格雷》作者安妮·勃朗特，这三姐妹均在英国文学史上留名。

具有轰动的社会效应，也可以说是南丁格尔这一类型的女性吧。这么一比较就不难看出，东方女性是家庭式的，产生的社会影响一般都比较小。

《日本西教史》①所记载的细川忠兴夫人②，可以算是东方女性中值得标榜的代表人物。她精通拉丁语、葡萄牙语，38岁那年为了丈夫的前程而自杀，结束了短暂的一生。毫无疑问，她是一位深受西方思想浸染的天主教徒，西方式修养的熏陶早已渗透到了她灵魂的深处。她性格开朗，同时又蕴藏着刚强与理智。尽管如此，最后她还是做出了为细川家族牺牲自己生命的选择。她的这种大义和气概，令丈夫深受感动，也令后人肃然起敬。也许，我这样评价细川忠兴夫人显得有些平淡。虽说一个女子的殉情故事被当作"守礼教"的烈女节妇来表彰，确有不妥之处，可是，这个凄惨悲壮的故事还是很能打动人们心弦的。

让我们来看看中国吧。中国的文化不但与西方之间存在着差别，与日本也有所不同。我学识不深，具体也说不清楚，不知道中国社会是从什么时候开始出现"爱面子"这种风俗的。不过，可以想象得出来，这种风俗的形成一定是从很早的时候就开始了。我们就说孔子在《论语》里强调的"礼"吧，虽说不像荀子时代那样带有浓厚的哲学色彩，可如果用现在的话来说，就是"面子"的意思吧。

---

① 《日本西教史》：法国神学家让·克拉塞特编写的近代宗教书籍。1913年由日本时事汇存社出版发行。

② 细川忠兴夫人：即细川伽罗奢（1563—1600），日本安土桃山时代的吉利支丹女子，是明智光秀的三女儿，细川忠兴的正室。38岁时，她以自己的死促成了丈夫细川忠兴加入东军的决定。之后，忠兴将她的遗体葬于大坂的崇禅寺。

也可以说，所谓"面子"，就是表示人与人之间在交往过程中那些约定俗成的规则。《论语》就是简简单单，且十分明了地规范中国社会各个层面道德标准的一部书籍。在《宪问篇》中写道："上好礼，则民易使也。"何晏注解曰："民莫敢不敬，则民易使也。"也就是说，只要为政者顾及"脸面"去行政的话，老百姓也就自然会尊重他们的所作所为。这样互相尊重的精神可以让事情进行得更加顺利。的确，在中国社会里，从孔子时代开始一直到现在，这种政治上的理念是始终如一的。

　　所谓的"面子"，就像错综复杂的蜘蛛网一样，有时候能使棘手的事情变得简单，但有时也会使简单的问题变得棘手。"面子"这个东西，也是中国人判断道德与否的一个重要尺度。封建社会中国式的烈女节妇，若用中国独特的伦理观去解释，就好理解了。例如，孟母"断机教子"这个故事，说的是孟母为了教育经常逃学的孟子读书不可半途而废，而折断织布机梭子。的确，我们从这个故事中能够看出孟母对孟子的殷切期望，可她竟因此而前前后后搬了三次家，这是不是也反映出这位母亲强势的性情，以及非常在乎"面子"呢？当然，这个"孟母三迁"的故事也许是虚构的。那么，编故事的人一定也考虑到了孟母的"面子"问题。这位母亲不但希望儿子有所成就，同时还在乎自己的"面子"。由此我们可以看到，孟母的故事是中国特有的道德观念的一种体现。

　　在中国的戏剧作品中，我们也常常会看到各种不同的贞妇形象。虽然这种现象不只限于中国，但在中国，"贞妇"这个词语中所含有的"面子"因素却是独一无二的。对于中国女性来说，"贞节"是非常被看重的一种品行。与此同时，人们还十分注重"面子"这个东西。或者说，无论在怎样的困境里，只要妻子能保住丈夫的"面子"，那是一定会被大力颂扬的。由元曲《薛仁贵荣归故里》杂剧改编而成的京剧《汾河湾》，就写了这样一个故事。唐代有男子薛仁贵，与妻子柳迎春一直过着苦日子。后来，从军离开家乡十八年的薛仁贵功就名成，被封为平辽王。当时，荣归故里的薛仁贵正急匆匆地行走在回家路上，在汾河边上遇到了一个打猎的少年。不幸的是，薛仁贵为了射击猛虎误杀了少年……回到家中，妻子柳迎春做梦也不敢想象眼前这个气宇轩昂的男人就是自己那曾经贫贱的丈夫。而薛仁贵却借机百般调戏妻子，想方设法试探妻子是否守节。

薛仁贵：夫人，你那丈夫虽身在军营，可挥霍无度，欠下了很多债务，为了还债把夫人你也……

柳氏：把我怎样？

薛仁贵：把你也卖给别人了。

柳氏：哪能有这种事情啊。

两个人争论半天，柳氏愤愤不平，最终得知面前的男子就是自己阔别已久的丈夫，内心惊喜交集。突然，薛仁贵看到门前放着一双男人的鞋，便对妻子起了疑心，又开始对妻子盘问一番。妻子告诉他，早在十八年前，薛仁贵从军走后，自己就生下了一个男孩，如今已经长大成人。细问之下，薛仁贵得知在汾河边误杀的少年，正是自己的亲生儿子。说到这里，夫妻二人大惊失色，急忙向汾河湾赶去……

剧情到这里就结束了。这部戏主要讲的是薛仁贵的妻子柳氏严守贞节，并且，由于妻子的严守贞节，薛仁贵也很有"面子"。对此，薛仁贵感到无比喜悦，柳氏也获得了平辽王夫人的尊贵地位。

这部戏告诉我们，在"面子"的背后永远存在着一种看不到的忍耐。也有人批评这部剧，说它是在剥夺女人的尊严。尽管后来中国摆脱了封建统治，迈进新时代，可中国人依然十分重视"面子"，有时甚至会为了"面子"受尽委屈。最让我深感吃惊的是，不管是有意还是无意，不管社会制度怎样变化，这种"面子"意识似乎已经渗透到了中国人的基因里，而且还被作为一种美德而广为传颂。

　　还有一出名叫《三娘教子》的戏，是老生与青衣之间的对口说唱。我很喜欢这出戏。戏剧情节大致是这样的：有个名叫薛子奇的商人，家里有一妻二妾。一次，他在远离家乡的行商途中遭遇劫匪，钱财失尽，无法回家。家人不知真相，只是听传闻说丈夫已经亡故。听到这个消息后，大夫人张氏与二夫人柳氏都改嫁了他人，只有三夫人王春娥养育着柳氏的子女，带着家里的老仆艰难度日。在艰难困苦之中，王氏始终把柳氏的孩子当作亲生骨肉般疼爱，并且严加管教，使他长大成人。后来，薛子奇脱离了困境，功成名就，回到家中，得知三夫人王春娥竟把自己的儿子培养成了状元郎，喜不胜喜。这出戏描述的是王春娥的贞妇气节，虽然抚养的不是自己的亲生儿子，可始终尽心管教，终于将其培养成才。但是，我们应该看到，支撑王氏如此付出的，依然是那个不可忽视的"面子"。薛家原有一妻二妾，同住一个屋檐下。大夫人与二夫人以为丈夫已经去世，没多久就各奔前程，二夫人柳氏甚至抛下自己的亲生骨肉——那个出生不久的男婴。留下来的只有王春娥与被抛弃的男婴，还有老仆人。虽然日子过得清苦，可三人同甘共苦，并将二夫人的儿子养大成人。这对二夫人柳氏来说，是一件很丢"面子"的事情。相比之下，三夫人王春娥的行为完全不同于其他两位夫人，挣足了"面子"

而深受世人的敬仰。我们在观看这类戏剧时，只有理解了这一层，才可以真正体会到中国人内心深处的情结。如果在理解烈女节妇的剧情时，不考虑"面子"因素的话，那这样的理解是不成熟、不深刻的。

女人与烟卷

"女人抽烟像什么样子？"每每看到女人吸烟，我们便会听到这样的指责声。这样的指责如今已经很少了，但在以前经常能听到。

想当初，还是抽烟袋的年代，女人们抽烟很常见。每当"罗宇屋"①进入巷口，尖利而凄凉的笛声就会随之响起。那时，围着罗宇屋的差不多都是女人。家里男主人和其他人的烟杆也都是由女人拿到"罗宇屋"去修理或者保养的，其中大概十之二三是女人使用的吧。

透过"罗宇屋"的玻璃，午后的斜阳照射在操作台的气罐上，热腾腾的蒸汽从那里喷涌出来。插在气罐上的烟袋被蒸汽熏蒸之后，融化的褐色烟油滴滴答答地滴落到地面上……我与一帮小伙伴就特别喜欢看"罗宇屋"师傅工作时的样子。

---

① "罗宇屋"：日本江户时期为客户保养或修理烟杆的手艺人，通常设有移动小摊。

很显然，"女人抽烟像什么样子"这样的责难是在西洋的烟卷传入日本之后才开始的。为什么烟卷就不适合女人了呢？大概是因为人们不太能够接受女人吸烟卷的样子吧。

用烟袋吸烟时，一袋吸完后就得去除烟灰。将烟锅在竹制的烟灰缸上敲得乒乒作响，那是多么威风，多么有气势！但是，如果女人们也这样做的话，未免有些不雅。所以，女人们往往轻轻地在手心里磕几下烟锅，就把烟灰给磕掉了。而男人吸烟的时候，不光是烟袋锅敲击烟灰缸要发出声响，就连他们从烟袋盒里取出烟袋时，也要发出很响亮的声音。但是，女人一般都使用布袋子装烟袋，所以，取烟袋的时候，也就不会发出什么声响了。总之，尽量保持安静，哪怕再小的声音也要避免，这就是女人抽烟袋时必须掌握的要领。

那种在吸烟的时候，将烟袋锅里的烟油烧得"滋滋"作响的吸法，实在是最低俗的人才会做出来的事情。女人们有时也会抽卷烟，她们将烟草卷成细条，用来抽着玩。而真正有烟瘾的女人，大多还是喜欢抽烟袋。

东京一直以来有两种烟袋，一种是"住吉烟袋"，一种是"村田烟袋"。有意思的是，这两家烟袋的总店都开在池之端①的仲町大街上。不过，住吉家与村田家的烟袋的式样不太一样。住吉家的烟袋锅子是扁平的，开口要大一些；而村田家的烟袋锅子开口稍微小一些，看上去很深的样子。

有人说："要说女人家使的烟袋，还是村田家的好。"也有人说："哪里，住吉家的烟袋看上去很美观。"其实，喜欢使用谁家的烟

---

① 池之端：日本东京都台东区的街名。

袋，完全是个人的兴趣，哪有什么一定之规？

后来，时兴抽烟卷了。但一般来说，抽烟卷的女人大多是从事色情行业的，正经的女人是不抽烟卷的。女人们抽的烟卷一般不外乎"朝日""敷岛"这两个牌子。从抽烟的姿势上来看，男人们大多喜欢用食指与中指夹着烟卷，而女人们则喜欢用拇指与食指拿着烟卷。当然，这也不能一概而论，并不是说某种抽烟的方法，就一定是男人或者女人的专利。其实，像男人那样抽烟的女人也大有人在。

说起抽烟，我便会想起与谢野晶子①夫人。夫人的烟瘾很大。虽然与谢野宽先生也很喜欢吸烟，可与夫人相比，也只能自叹弗如。

夫人平时很讲究穿着打扮的舒适性。例如，她在穿和服的时候，总是特意将衣领拉松一点，好让自己的胸部不因为绷得太紧而难受。她在与别人聊天时，周围总是飘着"敷岛"牌香烟的烟雾。若是心情愉悦，脸上露出笑容的时候，她鼻翼两侧的皱纹就会加深一些，很像猫叫时的样子，是那种特别迷人的表情。一直以来，东京新诗社②倒是有很多人都写过关于夫人的故事，可唯独没有人提到这一点。也许这样的细节，除了像我这种喜欢在鸡毛蒜皮事上用心的人之外，谁也不会在意吧。

大家在一起闲聊时，夫人谈笑风生，笑声很响亮，而且底气充足，听上去还真有些男人的气派。可是，要是在公众面前演讲，她

---

① 　与谢野晶子（1878—1942）：日本明治至昭和时期活跃的诗人、作家、思想家。丈夫为与谢野铁干（本名与谢野宽）。她一生著述颇丰，被日本作家田边圣子评为"一千年才出现一个的天才"。

② 　东京新诗社：创立于 1899 年 11 月 11 日，解散于 1949 年 10 月。日本著名诗人与谢野铁干为了改革和歌而成立的诗歌结社。

的声音就会变得很细很轻，甚至有些不太听得清楚。那时也没有麦克风之类的扩音设备，听讲的人就会感到有点吃力。

抽烟的时候，晶子夫人比较粗心，常常会忘记还有烟灰这码事儿，所以烟灰常常会直接落到她的膝盖上。这种情况一般是发生在她与别人聊天的时候，或者在她凝神思考的时候。夫人在集中心思考虑问题时，眼神很严峻，给人一种可怖的感觉。我觉得，这个时候晶子夫人的眼神，甚至比与谢野宽先生发脾气的时候更厉害。

我记得夫人曾经写过一首名为《烟草》的诗歌：

> 每当那位年轻男士走过来的时候，
> 嘴里总喜欢叼着根高级的金口烟卷①。
> 味道是那么的好闻，
> 又那么的让人感到新鲜，
> 像愁思一般的沉稳。
> 也许他并不知道，
> 每当他来到我的身边，
> 那烟味便会瞬间将我包围，
> 成为我心里唯一的思念。
> 袅袅的烟雾，
> 轻易地消散了我所有的恐惧，
> 留给我一个难忘的拥抱。

---

① 金口烟卷：在香烟的吸口上包了金纸的烟卷。

过去，我在读这首诗的时候，马上就会想起马场孤蝶①先生。我觉得，这首诗所描绘的，应该就是孤蝶先生。这并没有什么根据，仅仅是我的猜想而已。那么，让我们再来读一读夫人的另一首诗吧。诗的题目就叫《马场孤蝶先生》。

> 我的孤蝶先生，
>
> 无论何时都那么年轻。
>
> 那么苗条、优雅、文静，
>
> 就如同一支直溜溜的老枪。
>
> 我的孤蝶先生，
>
> 总是让人琢磨不透。
>
> 情绪时起时落，
>
> 就像舞伎的脸庞，
>
> 迷人却难测阴晴。

要是将这两首诗做一个比较的话，不难看出它们内容的相通之处。正是因此，我才会产生上述联想。当然，如果具体分析的话，这两首诗也是有着很多差异的。比如，孤蝶先生确实是一个有烟瘾的人，片刻都离不开烟卷，但平常很少看到他抽金口烟卷。先生通常抽的是"大和"牌烟卷。这大概就是诗歌创作中的虚构吧，即使

---

① 马场孤蝶（1869—1940）：日本的英国文学研究家、评论家、翻译家、诗人，庆应义塾大学教授。

是将"大和""朝日"之类的烟卷换成"金口",也没什么值得大惊小怪的啊。

前一阵子,年轻人把抽烟当成一种时髦,不会抽烟的也在嘴唇上叼那么一根烟卷,为的是给人一种"酷"的印象。这种潮流还真影响了不少年轻女性,她们不知不觉也赶着抽烟的时髦,导致女性烟民数量大幅度上升。也许,她们并不全是随波逐流,但不可否认的是,女人们开始涉足一直以来都是男人专属的领域,诸如饮酒抽烟,或多或少都沾着一点"赶时髦"的边。

这些年来,在对待"女人与烟卷"这个问题上,人们已经有很大的改观。这也是我感到欣慰的一件事,想必许多人都会与我有同样的感受吧。若是在以前,那些陪客人喝酒的女人们,一看到客人掏出烟卷,就会立刻抢在手里,火点着,自己先吸几口,然后再还给客人。据说,这样调整一下火头,客人抽起来会感到更加舒服。可我不喜欢这样。你想,烟卷上沾着别人的唾沫,心里哪有不恶心的?所以,遇到这样的情况,我都会把女人叼过的那一截烟卷掐掉,然后再抽。现在的情况不一样了,虽然还会有人给你点烟,但不会再像以前那样帮你吸了。本来,之前的那种做法也是从妓院里传出来的,大街小巷的陪酒小姐也就跟着效仿。可见也并不是什么优雅的习俗。这种风俗消失的原因,一方面可能与后来日本政府颁发的《卖春防止法》①有关,另一方面,人们卫生意识的提高,也是因素之一吧。

---

① 《卖春防止法》:日本政府于1956年5月24日颁发的旨在防止性交易(即卖淫)的法律。

我最讨厌看到烟灰缸里那些带着鲜艳口红痕迹的烟蒂。也许，各人的感受是不一样的，但我确实无法忍受那样的东西。如今，不是有许多既能装烟卷又能装烟灰的携带式烟盒卖吗？为什么还要那样不顾别人的感受而随手乱扔烟蒂呢？我虽然嘴上说得激愤，可一旦真的见到随便乱扔烟蒂的女人，说不定心就软了，又是一笑了之。

女人与玩具

　　只要提到玩具，立刻就会想到孩子。记得小的时候，我经常站在玩具店前，缠着大人要买玩具。由于年代久远，记忆也模糊了，究竟买了什么一概不记得了，只是有那么个印象。自己特别想要的玩具，经过死磨烂缠，最后大人给买了，心里说不出有多高兴。记得有一次，我喜欢上一个德国制的八音盒，盒子里面有一棵小树，树墩上坐着个男孩，手里拿着小提琴，只要一紧发条，小男孩就开始演奏，会响起音乐声。其实，那个八音盒的结构并不复杂，男孩拉琴的动作也很生硬，但在那个时候，这也算是个很新奇的东西了。我特别喜欢，就死磨硬缠，终于让家长给买了。小孩子玩玩具，一般来说，玩着玩着就坏了。坏了也就坏了，没有谁在意。可那个八音盒却不同，我把它宝贝得跟什么似的。好像是在上小学之前买的，一直玩到小学毕业也没舍得扔。

　　我觉得，孩子喜欢的玩具的特点是逼真。就像西方的那些老玩偶，有的可以哄孩子睡觉，有的还能够给孩子喂牛奶。动作虽然简单，但类似真人般的玩偶，还是能够提起孩子们的兴趣的。

如果说女人是男人玩具的话，那责骂之声一定会不绝于耳。但我这句话只是表达的方式不够恰当，实质上还是有道理的。我换一种说法：如果一个女人的性格里没有任何玩具性的愉悦感的话，那么，这样的女人也就很难亲近。到了婚龄的姑娘们，她们的美丽、开朗与快乐里面，其实都隐含着一种玩具般的愉悦感；可是，一旦结了婚，这种愉悦感不知怎么就慢慢消失了——不管是说出来的话，还是做出来的事，都越来越现实，越来越没有愉悦感了。

女孩子们在能够给人以玩具般愉悦感的年纪，未经岁月的雕琢，显得很真实、很淳朴，可一旦成了妻子，经历了世故，变得圆滑起来，那种愉悦感也就荡然无存。我的意思是说，当一个女子具备了实用性，虽然得心应手，却失去了应有的情趣。

我不知道"主妇"这个词语是从什么时候开始流行的，也懒得去查，不过出现的时间不会太长。"主妇"想必应该是与"主人"这个称呼相对应的。而在日本，将丈夫改称为"主人"也并没有多少年。可是，我对"主妇"这种称呼有些反感，并且对那些自诩"主妇"的女人们深感恐惧。

在清朝的戏曲里，有一部孔尚任①的作品《桃花扇》②。这部戏

①　孔尚任（1648—1718）：字聘之，号云亭山人，山东曲阜人。孔子第六十四代孙。清初诗人、戏曲家。
②　《桃花扇》：清初大戏剧家孔尚任创作的传奇剧本。描写明末侯方域与秦淮艳姬李香君悲欢离合的爱情故事，反映明末南明灭亡的历史，并总结明朝三百年亡国的历史经验，表现了复杂的社会现实。

的主人公是秦淮"八艳"之一的李香君，号为"香扇坠"——就是说李香君像一个可爱的小坠子吧。现在的年轻男人已经不会随身携带烟荷包那样的小工具了，所以，"坠子"这个词语自然也就用不上了。但是，在人们的心目中，"坠子"已然是娇柔而又可爱的象征。

李香君是一个很有主见而且讲情义的女人，平时待人也十分真诚，说她是个可爱的"坠子"，也恰如其分，真实地表现了她的性格。戏曲《桃花扇》不仅是一部文学作品，还含有政治的因素，在当时引起了很大的轰动。这个戏曲故事讲述了侯生[①]与秦淮歌姬李香君之间的爱情，而推动这部爱情故事发展的，无疑就是那个可爱的"坠子"。

女人那种玩具一般逼真而又笨拙的特性，曾经点燃了多少男人的心？遗憾的是，世间的许多女人并不懂得这一点。我曾经在一个电视台的妇女讲谈节目中谈论过这个话题。后来，妇女联合会的人批评我：

"您怎么能把女人比喻成玩具呢？这不是在侮辱我们这些主妇吗？"

她们的批评很激烈，仿佛我那次的讲演出了什么大错似的。可我不以为然。当然，对于那些固执己见的人，任你怎么解释恐怕也无济于事，所以我也就只好听之任之。在我看来，妇女联合会的那帮人把"主妇"这个词语堂而皇之地当作自己的旗帜，那才叫最大的自我侮辱呢。她们这是要让这世间多少女人完全沦为实用的"家庭工具"啊。我想，她们在年轻的时候也应该是一个个可爱的"坠

---

① 侯生：指清代文人侯方域。

子"吧，可不知从什么时候开始就变成了方便实用的"工具"了。而原有的那些情趣，都化作了烟云散去。

我衷心地期望女人们不要完全泯灭那颗"坠子之心"，或者说那种"扇坠精神"。"坠子"原本是一个不可缺少的实用物品，同时也是物主的心爱之物，具有欣赏价值，而绝对不会像"主妇"那样，总是说一些恶狠狠的话语。对此，我曾经问过一位贤明的妇人，她回答我说：

"您说得倒是简单。可女人要是都像您理想中的那样，谁去维持家庭啊？女人治理好家，男人才能在外面踏踏实实地做事，才能有闲心出去喝酒。既然如此，还要女人始终保持一颗儿童的爱玩之心，那也未免太天真了吧！"

这样说来，看来女人是不可能同时具备实用性与愉悦感这两种性质的。但是，希望她们至少也能够明白我的话的意思吧。事实证明，她们大多已经丧失了"坠子"的本真，实在令我痛心不已。

一直以来，我除了随笔，没写过别的文章。有时出于工作需要，或是所谓"业绩"的面子，我也写过一些学术论文，但写着写着，还是觉得很像随笔。敝帚自珍，我自己已经习惯了这种写法，所以，也就没有刻意想要去改变。其实，随笔是文学领域中最具有玩物性的文体，它不像小说或者戏曲，威风凛凛地行走在大道上，而是悄悄地从一条小巷穿行到另一条小巷，穿来穿去，有时候还会走些捷径。这都是随笔所具有的独特风格。所描写的人物也不像小说或者戏曲那样严苛，每一个人都要鲜明生动。随笔只是作者一个人的独白，读者若是还能够看得下去，写作的目的也就算达到了。

就像喝奶的娃娃一样，别的不用管，只要能喝奶就够了。由于随笔是作者一个人的独白，只要写得有点意思、有点欣赏价值，即便表现得委婉一些，也不失为一种文学。由此判断，没有欣赏价值的随笔就不能称之为文学。说到这里，又使我想起了"坠子之心"，或是"扇坠精神"。其实，随笔也可以称为"扇坠性"的文学，也许它的别致之处正在于此吧。

我好像有点离题了。我想说的是，希望女人们能把自己的人生打造得如同有欣赏价值的随笔，让自己的思想像太阳一样充满热情，让自己的感情像海洋一样浩渺无边，让自己的表情像寒冷中的阳光一样温暖人心，让自己的话语像海湾的轻风，像岸边的微浪一样亲切感人，让自己的襟怀像能够接纳小贝壳的沙滩一样温柔舒坦。

无论是明媚的阳光，还是微浪的海岸，它们的背景都是热烈的太阳与辽阔的海洋。所以，对于太阳与大海来说，温暖的阳光与微浪都是"坠子之心"，都是静美的风物。

人们虽然不想被烈日炎炎的太阳暴晒，也不想被抛弃在海洋里，但还是向往太阳与大海，希望时时刻刻都能感受到冬日的阳光，抚摸那海岸的微浪。

我想，说到这里，我大概说清楚了。我说女人是男人的玩具，并没有丝毫亵渎女人的意思。我想说的是，世上如果多一些像扇坠似的女人，既具备实用性又让人爱不释手，岂不是两全其美？

女人与衣物

　　翻开中国古籍比如《渊鉴类函》①这样的大型类书，读到其中有关服饰的章节，实在令人惊诧。提到服饰，一般来说，人们都会默认指的是女人的服装。可让人感到意外的是，这部书中所记载的服饰，却与男人有关。从袍子、朱衣②、单衣、中衣③开始，一直到带子、佩环、鞋子、帽子等，描述的都是男人所用的衣物，并没有提到女人的用品。难道服饰与女人没有关系？这显然是不可能的。那书上为什么不提呢？这些疑问不断在我的脑海里盘旋，逐渐引发了

---

① 《渊鉴类函》：全名《御定渊鉴类函》，由张英、王士禛、王掞等人编撰的清代官修大型类书，凡四百五十卷。康熙四十年（1701）进表。

② 朱衣：指古代三四品官员穿的朝服。

③ 中衣：东亚传统服饰（汉服、和服、韩服等）的衬衣，起搭配和衬托作用。多为白色，主要有中衣、中裙、中裤、中单之分。中衣可搭配礼服，也可以搭配常服，同时可以作为居家服装。

各种各样有趣的话题。

男人的服饰，是一个人社会地位以及社交范围的象征。这是毫无疑问的。从皇帝、诸侯、士大夫，到学者、宗教家、匠人，等等，不同人的服饰可谓千差万别。要是再细分的话，还有盛装、便装等，一时半刻真是说不清楚。什么朱衣、绿衣之类的，从字面上看就十分华美，好像都是为女人们准备的，可实际上都是男人的用品。这就像雄狮头上的毛，又好比雄性孔雀的尾羽，男性也总是喜欢把自己打扮得华丽无比。当男人的这些特征表现在社会生活当中的时候，我们不要忽视了他们的穿着打扮是与他们的社会地位、与他们的威仪分不开的。

不过，在漫长的岁月里，这样的习俗发生了很大的变化。如今，"打扮"似乎已经成女人们的专用词了。比如，在百货店的特卖区，女人们会尽量去抢购一些廉价而又夺人眼球的衣物，这是她们的癖好。再譬如，在乘车的时候，如果注意女人们的视线，你就会发现，她们更多的是在关注女性乘客的衣着打扮，眼神里时而露出羡慕，时而露出蔑视。她们的眼神中，不仅隐含着好奇心，有时也会泄露出一种粗俗的偏见。

我们家附近住着一位茶道师，据说在缴付房租的时候，从来就没有痛快过。这位女士大概四十岁的样子，不但在房租上斤斤计较，就连购物也特别能算计。所谓"算计"，一般是指那些以廉价去买体面的女人，并且她们还总以此为荣。

"你想啊，我平常上课的时候，还不得每次都要换和服啊。可是，我也不能件件都买高档的呀。不是还得考虑数量嘛。"

这位女士看上去经常这么随随便便地与邻里聊天，而实际上她是在炫耀自己新添置的衣服呢。听她这样一说，周围的邻居们就会不由自主地围过来。那些愿意凑热闹的女人们也会一边听着她的闲话，一边饶有兴趣地抚弄她身上和服的袖子、腰带之类的。并且，她们刚才聊的这些事情，还会迅速传到附近卖菜、卖鱼、卖肉的小店铺里。就这样，没多久就传得家喻户晓了。

当然，最荒唐的莫过于那些登载在杂志、画报上的时装照片了。模特的表情让人感到怪异就不用说了，更不可理喻的是，那些视线落在杂志的照片上就移不开的女人们，她们表情丰富、如痴如醉，真是滑稽可笑到了极点。

有一天，我在银座的街头观察过往的行人。那天正好是晴天，我就饶有兴致地站在街头，细看那些走来走去的男男女女。我发现，尽管衣着的档次高低各有不同，但从总体上来看，男人的穿着大多比女人有品位。在十个男人当中，大概有两三个品味还算不错吧；在十二三个男人当中，有那么一个穿着会让人眼前一亮。相比之下，女人就差多了。那么，究竟差在哪里呢？最明显的一点就是，她们身上穿的大多是冒牌货，其用意无非就是炫耀罢。在我观察的女人当中，直到第二十一位女士走过来，她的穿着才终于让我感到了与众不同。那位女子年轻貌美，和服的图案大方、得体，身姿优美自然，没有一点儿做作的痕迹。服装应该是上等料子做成的，因为穿戴得体，所以丝毫没有给人带来视觉上的压迫感。据我观察的情况来看，男女之间的审美情趣还是有着不小的差距。

对于一个女人来说，没有品位的确是无可救药的。这样的女人还不在少数呢。一般人不用说了，最不堪的就是那些美发师了。据我的观察，名气越大的美发师，品味就越低劣。和服上系着闪闪发光的腰带，手上还要戴三四个戒指。这样的穿着，哪里还谈得上什么智慧与修养？从这一点来看，女人的品位与男人相比还有很大的距离。

还有那些喜欢穿民俗风格和服的女人，就更加让人看不下去了。她们大多是女子大学毕业，自以为是知识阶层的人，偏爱那种色彩暧昧的"草木染"①，喜欢戴翡翠戒指。这一类女人大多是贪婪、吝啬而又刻薄的。在这些所谓的"民艺婆"里，很难找到人情味浓的女人。

德谟克利特②有句名言："如果身体之美不是来源于知性的话，从根本上说，那也就是一种动物性的体现罢了。"我想，如果将他所说的"身体之美"替换成"服装之美"，也是成立的吧。

最近，许多高龄女人特别钟爱鲜艳图案的和服。也许这是受到美国的影响吧。这本身倒也并不是什么坏事，图案鲜艳与否并不重要，重要的是要选择适合自己的才好。如果过于夸张，穿一身与自己气质完全不相符的服装，那才是东施效颦、奇丑无比呢。

与谢野晶子夫人虽然年过半百，但她还是喜欢穿大花式的和服，并且非常得体。当时很多女人都穿黑色和服，夫人是绝不会与她们一样，选择单调颜色与图案的和服的。她选用胭脂色的布料，配上大朵玫瑰的图案，却丝毫也不会给人张扬的感觉。反而如同阳光下的向日葵，发出灿然的光辉，体现出新时代浪漫主义的风情，

---

① "草木染"：指使用天然的植物染料给纺织品上色的方法。新石器时代的人们在应用矿物颜料的同时，也开始使用天然的植物染料。人们将植物的根、茎、叶、皮用温水浸泡，从中提取染料。

② 德谟克利特（约前460—前370）：古希腊唯物主义哲学家。

令人心生感动。

　　若想奉劝女人不要卷进时髦的潮流之中，也许是一件不可能的事情。追逐潮流，是女人生命中的一种快感，也是一种人生追求。这就是女人。"做女人多好啊！"一到夏天，男人们就会羡慕女人们可以穿得凉快。在内心深处，女人们也可能或多或少对自己的穿着有些羞涩，但大家都这么穿，也就无所顾忌了。

酒场上的女人

　　说起酒场上的女人，给我留下最初印象的，是我读中学一二年级的时候，大约在大正初期（指1912—1913年）吧。听到这里，您也许会笑我过于早熟。真的，我没说谎，那个年代的经历的确让人难忘。那时我年纪还小，根本就不可能去酒场那样的地方胡闹，获得这些信息的唯一渠道，就是当时报纸上的广告。从那些花花绿绿的广告上我知道，原来世上还有花容月貌的女人陪男人喝酒的地方。

　　其实，当时知道这些的远不止我一个人。只要是在东京长大的、与我同时代的青少年们，都会记得当时浅草有一处名叫"夜风楼"的酒楼。因为这家酒楼经常在报纸上刊登女服务生靓丽的相片，想不看也不行啊。我还记得当时报纸的副刊上，版面上半部分是小说连载，"夜风楼"的商业广告就占据了版面的下半部分。

　　"夜风楼"每次登载的广告图片都令人耳目一新，女孩子的阵容也会适时更新。看到那些相片，我脑子里马上就会联想到酒楼里美女如云的场面，心想，那一定是一处人间天堂。其实，我对"女服务生"这种新的女性职业也并不是那么陌生。当时，在尾张町的"狮子"咖啡馆里就有这样的女服务生。在上野的"精养轩"里，除了男服务生外，也有一些这样的女服务生。家里人有时会带我们去"狮子"咖啡馆吃冰激凌。不过，那家咖啡馆的女服务生很少与客人闲聊，至多也就是打个招呼，应付一下而已。所以，对我来说，当时"夜风楼"广告的诱惑力是巨大的，也是独一无二的。我想，那种享受，一定是在普通的咖啡馆里无法体验到的。在我的想象当中，"夜风楼"的女服务生们，不光容貌靓丽，而且也一定是活泼开朗的。翻阅报纸的广告，粗大的字体印着"我们期待您的光临"这样的通栏标题，再配上漂亮女服务生满面春风的相片，这对正处于青春期的我们来说，哪有不好奇的？

　　说起酒场的繁华，对我们这一代人来说，第一次世界大战期间的千变万化真是让人刻骨铭心。那是一个让心灵颤动的年代，年轻人陶醉于浅草歌剧[1]的轻松旋律，而酒场上的女人们也开始有了用武之地，散发出新时代女性的魅力。那种蜕变，如同一股巨大的洪流，是任何力量都无法阻挡的。然而，说来有趣，这些女人虽说外表新潮，可内心依然是很传统的。这种表里不一致的状态，就如同一些原本是在岸边观望的游客，突然被抛进了滚滚洪流之中，一时

---

① 浅草歌剧：指的是日本东京都在浅草地区开设的娱乐项目。大正年间，来自英国的艺术指导排练的歌剧（基本上都是轻歌剧喜剧）在浅草上演，同时也促成了主题歌《爱恋仿佛野花草》的大流行。

手足无措。当时,《朝日新闻》有位名叫松崎天民[1]的记者,写下不少关于新时代女性的书,以伤感的风格揭示了当时女人们的内心世界,描摹了她们的真实生活。

在那之后,发生了关东大地震。毁灭性的灾难导致人们失业,资金紧缺,浮华的景象一去不复返,东京的酒场,还有那些女服务生的命运也随之发生了巨大的变化。昭和五六年间(指1930—1931年),大阪的资本席卷了东京银座。银座会馆、“黑猫”等大型咖啡连锁店雄踞岛国,而那些小酒馆也趁势寻求着自身的发展空间。在“九一八”事变、“一·二八”事变等一连串的事件发生之后,那些酒场依然生意兴隆。我真切地体味到了人们无处消遣的情绪,就如同孤魂一般在城市的夜空游荡。

“世道都成这个样子了,也不知道我这生意还能做多久。”

中日战争[2]爆发之后,某个酒馆的老板娘就这样对我叹惜过。刚开始的时候,这家小酒馆偶尔还会有几个熟客来,后来空袭开始了,就再也见不着客人的影子了。日本战败后,那种混乱的情形在酒馆里表现得更加充分。时势在变化,酒场上的女人们也在不断地更新换代。如同大海的潮水,后浪推着前浪。新的女人总在替代旧的女人,以博得客人们的宠爱。

十多年过去了,如今酒场里的女人们都在想什么?哪些事情是她们最感到烦恼的?毋庸讳言,现在的变化确实很大。例如,艺妓们已经不再像以前那样,就在艺妓房凑合,而是住公寓了。每天下

---

[1] 松崎天民(1878—1934):日本作家、新闻记者,著有《沦落的女人》《银座》等。

[2] 中日战争:这里指抗日战争。

午，她们就像公司的职员一样，去艺妓房上班。

　　毫无疑问，酒场上女人们的行为举止，都是应客人的需求而改变的。如今，酒场上的女人们已不再是广津和郎①或者永井荷风作品中所描写的那个样子。哪怕就是井上友一郎②的最新作品《银座川》，也不能准确描述当代酒场女人们的真面目。也就是说，随着时势的变化，女人们每时每刻都在发生着变化。我想，现在如此，今后也将如此吧。

　　以前，去酒馆喝酒的客人都是自掏腰包。可如今，在花街的饭庄请艺妓喝酒的客人当中，大多都是花公家的钱。有的一半公款、一半私费，有的干脆全用公家的钱请客喝酒。这样一来，酒场女人们的作风也跟着改变了。以前，只要客人是守规矩的，女人们对客人也是尊敬有加，彼此之间就很融洽；可现在客人花公家的钱，大手大脚，女人们自然也更喜欢出手阔绰的客人。在这种客人面前，她们满面春风，曲意奉承。当然，这样的接待并非就是出于对客人的敬意。看客人的出手，女人们能判断得出他们用的是自己的钱还是公家的钱。最可恨的是，这些花公款找乐子的客人，在女人们面前举止狂妄，肆无忌惮。女人们为此颇感失望，甚至产生鄙视的情绪。有些人并非出于公司的业务需要，却呼朋唤友，挥霍公款，更有甚者，公款吃喝之外，还伪造账单，中饱私囊。而且，这些客人往往还会用花言巧语哄骗女人。

----

① 广津和郎（1891—1968）：日本小说家、评论家。生于东京都。1913年毕业于早稻田大学国文系。在校期间曾与人合办刊物《奇迹》，发表短篇习作《夜》和《疲惫的死》，并翻译契诃夫的小说。
② 井上友一郎（1909—1997）：日本小说家。

"我爱上你了。"

　　"我能不能向你求婚啊……"

　　"要不，下次去我家见见我的母亲吧。"

　　"我可是名门出身哦……"

　　酒场上的女人面对这样的客人，表面上会嫣然一笑。如果有人说"我喜欢你"，她们就会回应："是嘛，我太高兴了。"这种对话大概自古就有，至今也没有变化，不过，现在女人们的心思可活泛多了。虽然当面不露声色，可背地里谁又敢保证她们不会嗤之以鼻呢？

　　公款吃喝也好，公款请客也好，这些人的通病都是自以为是。总以为所有的热情款待都是自己应该得到的，并没发觉在那些曲意奉承的女人们的眼里，自己早已成了一个小丑。就这一点而言，酒场上的女人们倒是有些像检察官，完全能够洞悉那些贪公家便宜的人的内心世界，同时，还不忘在脸上挂着微笑，曲意周旋在他们的身边。

　　以前，最令酒场上女人们头疼的事情就是要账——她们得四处找那些拖欠款项的客人讨债。如今倒是好了，许多客人用的是公款，拖久不还的情况已经很少发生了。尽管如此，女人们的心理压力依然很大。每家公司都有自家的结账日期，收账晚了不行，早了也不行，所以她们得格外留意。等到收账日，女人们会早早起床，还要准备一些礼物。当然，去公司结算公款，一般不会出现欠账不还的情况，所以，只要把握好了，也不会出什么问题。

　　那么，什么样的服务会使人感到舒服呢？当然，各人的感受是不一样的。如果能够相处得像夫妻那样，彼此之间很随意，不给对方增加任何的压力，就会很自然地让对方体味到一份温暖的情意。

酒场上的闲聊，也无非就是说说电影、饮食之类的，偶尔也可能会说一些家常话。如此，女人的魅力就得到了充分的体现。这样聊天，时间会过得很快，消费自然也就多了。而且，这时的客人心情愉悦，就不会心疼钱。与之相反，要是话不投机，有时即便是一杯酒，他们也会觉得价格太贵，二三十分钟的时间也会感到很漫长。

服务经验丰富的女人，不只是一味地迎合客人，她会抓住机会，以幽默的言辞稍微与客人抬一下杠。这种巧妙的小调味，倒是更能调节酒场上的氛围。

聪明的女人也懂得自我保护。比如，如果有男人总是投其所好给她买东西的话，她们会很高兴地接受下来，但同时也会寻找机会还礼。就这件事情，曾经有个女人在我的面前发表过以下的议论：

"其实，这就是礼尚往来的道理。对方要是送你价值三千日元的礼物，你就买个七八百日元的礼物回赠给他。这样，你就不会感到总是亏欠对方了。虽然是小事，可要想保护好自己，这是绝对马虎不得的。"

有些难缠的客人，女方要是真想摆脱的话，一定会有办法的。若是真的陷入了困境，被男人纠缠得不能脱身的话，就得使出最后的杀手锏，那就是与对方摊牌，告诉他自己已经结婚了。不过，要是遇到棘手的男人，他也不管女人是不是已经结婚，仍不顾一切想把她追到手。这时，即使亮出"我已经结婚了"这张王牌也不管用了。只要一有机会，对方就会像瞄准老鼠的猫似的猛追猛抓。一来二去，要是闹翻了的话，也许就彻底失去这个客人了，但那也实在是没办法……这也是我曾经在一家酒馆里听一个陪酒的女人说过的亲身经历。

女人与猫

　　已故的水木京太①先生非常喜欢猫。可奇怪的是，他虽然特别喜欢猫，但一生从来没有养过猫。并非他自己不想养，而是因为他妻子不喜欢猫，不让养。所以，他的"爱猫癖"也就只能通过收集猫的资料来寻求补偿与安慰。正好，他的职业为他做这件事情提供了帮助。一个星期当中，他只要去庆应义塾大学讲授一次戏剧课程就可以了，其余的时间都在丸善书店②编辑《学镫》期刊。也就是说，从国外新进的图书，首先得由他过目。他就像个新书的守护神一般，只要新书一到，就会快速地浏览一下目录。他尤其关注两类书，一类是与易卜生戏剧有关的书籍，一类是与猫有关的书籍。只

---

① 水木京太（1894—1948）：日本大正至昭和年间的剧作家、戏剧评论家，戏剧代表作有《殉死》等。曾任母校庆应义塾大学讲师等职。
② 丸善书店：日本早年以营销西洋图书而闻名的书店。

要有这两个方面的新书进来，他是绝对不会错过的。

水木生前的藏书，现在大多捐赠给了庆应义塾大学图书馆。可以说，在日本，现今有关猫的书籍，馆藏最丰富的，非庆应义塾大学图书馆莫属。在他众多有关猫的藏书中，有一本范·韦克滕[①]写的《家庭之虎》非常有趣。我认为，这是一本有关猫的指南，很值得一读。书中简明地阐释了猫与文学、美术以及宗教之间的关系。一般来说，这种类型的书籍都会写些猫与狗的关系之类的内容，但这本书不一样，甚至连个"狗"字都没有提到，所有话题都集中在猫的身上。

我这篇文章的题目是《女人与猫》，可以说再平淡无奇不过了。我们根本就不能想象，范·韦克滕先生也会给自己的书起个这么平常的名字。不过，我之所以会用这样一个题目，自有我的理由。平常，人们习惯将猫比喻成女人，而把狗比喻成男人。其实，这种比喻很概念化，并没有说中事物的本质。我以为，如果女人们真的像猫一样的话，也许她们会更加可爱，更加容易让人理解。

首先我要申明的是，将女性与猫做简单的类比是绝对不可以的，因为大多数女性的性格与猫恰恰相反。就这一点而言，自古以来，不知有多少男人深感困惑。那么，为什么人们一提起猫就会联想到女人呢？那大概是猫的长相、猫与人的关系等因素导致的吧。猫的柔顺，或多或少与女人有些相似吧。不过，柔顺是猫的本质，是始终不会改变的。可是女人就不同了，你切不可将她们表面的柔

---

① 范·韦克滕（1880—1964）：美国作家。在开始文学创作之前，他还是音乐家及戏剧评论家。

顺视为永不改变的本质。

在以前，人们还不敢公开谈恋爱的年代里，在男人眼里，女人全都是最珍贵的存在。当然，那时的女人们也确实具备了贤惠与柔顺的品德。然而，如今的女人，一旦结婚，变成了妻子，或者成为情人之后，霸道的真面目就会暴露无遗，之前的柔顺也就随之烟消云散。不过，女人们绝不会承认自己的变化，而总是抱怨男人，说：

"你才变了呢，现在你对我还像从前那么好吗？"

猫的个性虽然柔顺，但绝不会曲意奉承和巴结主人。比如，刚才还趴在主人膝盖上打盹的猫，突然跳了下来，"嗖"的一声便跑得没了踪影。即便主人是怎样不情愿它离去，它也不会理睬。这种态度可以称得上是我行我素，天"猫"行空吧。这样的举动与性情，反映了猫虽有媚态而不带媚骨，真实而不事虚假的伪装。

相比之下，女人过于客气地待人，往往隐藏了自己的真实情感，想通过曲意奉承来讨取别人的欢心。这样一来，就会夹杂许多虚伪与欺骗。久而久之，男人们也会渐渐地感到失望。

我认识一位年轻美丽的女演员，在我的眼里也不过就是一个天真烂漫的小女孩。可有一次，与她谈起男女之间的一些事情，她的见解完全出乎我的意料。我说通常男人的谎言很容易被看破，相反女人的谎言巧妙又难解。她笑着说道：

"男人们随口就能撒谎，根本不把说谎当回事，当然就容易被识破了。相比之下，女人的话大多是真的，很少掺杂谎话。所以，分辨真假就困难多了。"

听她这么一说，我顿时有一种毛骨悚然的感觉。真没想到，会从比自己女儿还小的女孩子口里听到这么尖锐的议论。

我想，起码世上没有一只猫会这样思考问题吧？它们会不顾一切地去做自己想要做的事情，不会有什么害人之心，更不知道什么是虚伪与掩饰。在猫的高雅气质里，人们甚至还能看到一种神圣的气息。

我曾经有个朋友给情人买了栋房子，当时感觉还挺美好的。可过了几年，心情就变了，他说：

"其实，养一个情人与娶两个老婆没什么区别。而老婆一个就足够了，可现在又多了一个，真是后悔莫及啊。"

这真是有苦难言。作为局外之人，我连安慰的话也说不出。

女人天生具备母性的本能。恋爱中的女人热情高涨，可一旦关系稳定下来，就像变了一个人似的，开始管教男人，唠叨起来没完没了。过多的唠叨，把男人的心也听烦了。即使女人的年龄再小，一旦这样的管教本能被激发出来，再成熟的男人也受不了啊。

其实，母猫也是管猫崽子的，可到了一定阶段，就不再去管了，更不用说管公猫了，估计它们连这个念头都不会起。哪像人啊，女人把一辈子的精力都放在了管教自己的男人上。女人就像如来佛的手掌心，男人哪能逃得出去啊。

猫是夜行动物，也有猛兽的野性。可是，这种温顺的"猛兽"乖巧地依偎在人的身旁，看上去还真是很可爱。汉语里有个词语叫作"小於（wū）菟（tú）"，就是"小老虎"的意思，玩味起来确实很有意思。老虎与狮子都属于猫科，可猫更接近老虎。这个"小老虎"天天与人住在一起，自由自在地走来走去，有时还会攀上人的膝盖。这样的风景真是让人百看不厌。

猫在与人的接触过程中，把它原有的兽性隐藏了起来，并且能够与人的生活完全融合在一起。诗人一茶[1]写了许多有关猫的俳句，描述人与猫之间的默契，也表现出了他对猫的喜爱。猫与人类的关系一直都是亲密和谐的，从来不会对人露出凶猛的面目，而且，这种亲密关系在与人的长期接触中还会不断加深。

可是，女人就不同了。与某个男人越亲近，她就会越来越不客气，甚至还会暴露出自己的野性来。有句俗语说："外表如菩萨，内心如夜叉。"女人一旦下狠心决定咬你一口，后果是不堪设想的。这也许是因为女人内心本来就具备凶猛的一面吧。我只想说，女人们至少应该对那些疼爱自己、照顾自己、愿意为自己付出的男人，表现出应有的尊重，将凶猛的那一面收敛起来。这样的话，生活里可能就会平静一些，男人们也能在做事时少分一些心吧。

15世纪末，依诺增爵四世[2]法王将猫视为魔女们的伙伴，下令屠杀了数千只猫。这是一个很大的误会。猫在夜里到处流荡，窜来窜去，也会捕捉一些老鼠或黄鼠狼之类的，但绝不会去诅咒人，或吸人的血。我想，法王绝对没有想到，与猫相比，有时，女人对他的威胁可能更大。

世上有很多关于猫的负面传说。不喜欢猫的人异口同声地说猫是如何如何的阴险。可是，对于男人们来说，最深不可测的是女人。如果世上的女人们能够从猫的身上领会一些智慧，那该有多好啊！我期待有一天，会有人为女人们写出这样一本书来。

---

① 一茶：即小林一茶（1763—1828），日本俳句诗人。本名小林弥太郎，一茶是他的俳号。

② 依诺增爵四世（约1180—1254）：原名西尼巴尔多·菲耶斯基，1243—1254年为罗马主教。

女人与魅力

坊间一直流传着杨贵妃与安禄山私通的传说。相传，安禄山曾经用胡须扎伤过贵妃的胸乳，贵妃害怕被皇帝追究，便用黄金做成饰物，来遮掩受伤的部位。这个饰物称为"金诃子"①。所谓"金诃子"，大概就像现代女性用的文胸，或者脱衣舞女表演时佩戴在身上的亮晶晶的饰物吧。不过，我认为这样的说法是不成立的。你想，皇帝那么宠爱杨贵妃，亲热的时候能允许她在身上佩戴这些累赘的东西吗？再者，一旦摘除了那个"金诃子"，奇怪的伤痕岂不就暴露了？皇帝能看不到吗？所以，根据这些情况判断，"金诃子"之类的传说并不靠谱，根本就是一些无聊文人的胡说八道。

但是，关于一个女人的秘密，并且是这个女人刻意要对她的男

---

① "金诃子"：据宋代高承《事物纪原》"诃子"条："贵妃私安禄山，指抓伤胸乳之间，遂作诃子饰之。"

人隐瞒的秘密，后人居然编出这么一个故事，即使是胡说八道，也难能可贵。想必，编这个故事的人，也是个深谙男女心理的老手。一个女人，即便她是怎样爱着一个男人，即便她愿意将一切都交给这个男人，如果她还保留了一些自己的男人不明底细的秘密的话，那么，在男人的心目中，这个女人的魅力就增加了几分。男人总想弄清她的秘密，这种新鲜感和神秘感就会长久地保持下去。也许，有人会说这种做法是不对的，是女人不真纯。但我不这么看，我认为，这是男女恋爱心理学的最重要的课程。

不用说，玄宗皇帝对贵妃那美妙的胸乳早已烂熟于心，再无什么秘密可言。可是，一旦杨贵妃突然将其隐藏起来，不给他看了，皇帝必然会觉得奇怪，就会产生一种神秘感。当然，这样的险别人是不敢冒的，只有杨贵妃才敢。因为她有皇帝无条件宠爱的资本啊。而等她吊足了皇帝的胃口，胸乳的伤痕治愈后，就不用再佩戴那个"金诃子"了。或者，她也可以时不时地戴一戴，用来刺激皇帝的春心，博得他更多的恩宠。

男人即使了解一个女人过去所有的恋爱经历，可如果她还隐藏了某些男人想知道而又无法弄清的细梢末节的话，这种刺激会更加激发男人对她的爱恋，以及对她的新鲜感。男人感觉到女人的浅薄，很重要的一个原因就是对自己的女人了解得太清楚了，没有任何秘密可言了。所以，当女人在向男人展现自己的时候，要慎重考虑我说的这个问题。不过，我这样说也许会引起误解，以为我是在教唆女人们要刻意向男人隐瞒什么。其实不然，纯真与浅薄是截然不同的两码事，必须严格区分开来。我想告诉大家的是，纯真是大力倡导的，而浅薄则是必须尽量避免的。

虽说神秘并不等同于女人的魅力，但可以认为那是产生魅力的一个源泉吧。那么，在男女交往中，男人的魅力又是什么呢？关于这一点也是众说纷纭。有人说，有钱就有魅力。也有人说，有社会地位就有魅力。乍一听，似乎都是对的，可仔细一琢磨，又似乎都不对。就说钱吧，那些有钱人的老婆或者恋人，也许还维持着婚姻，但不也是绯闻满天飞吗？即便再有风度的男人，不也有女人不待见吗？即使再有社会名望的人，遭女人嫌恶的不也大有人在吗？我以为，前面所说的金钱也好，社会地位也好，都不是女人对男人魅力的根本要求。不过，比起没钱来，有钱总归是好的，社会地位也一样。钱与社会地位，是男女交往中的重要因素，有时甚至是很重要的因素。那么，有人要刨根问底了：男人的魅力到底是什么啊？既然你都说了金钱和地位重要又没那么重要了，那什么才是最重要的？不用说，这是个难题，哪是一朝一夕就能想明白的？所以我才这么犹豫啊。不过，我对男人所谓的魅力另有看法。我觉得，一个男人，如果他能够给予一个女人最想要的东西，那他在这个女人的眼里就是最有魅力的。如此说来，虽然是个难题，但只要深究，也是有可能弄明白的。

　　一般来说，女人都喜欢向男人倾诉自己的苦闷。年轻人有年轻人的方式与内容，中年人有中年人的方式与内容，即使是老年人，也有相应的方式与内容。也就是说，所有的女人都要倾诉，只是各自的方式与内容有所差别而已。因此，一旦女人不再向自己的男人倾诉苦恼，无论自己的男人多么有钱，多么有地位，都是一种糟糕的情况。比如那些因工作繁忙而不能认真倾听女人唠叨的企业家们，那些因潜心研究而不能体察女人苦恼的学者们，那些因争权夺利而无视甚至厌恶女人倾诉的政治家们，就是一些不能被女人理解的男人，也很难得到女人的欣赏，"魅力"自然更无从说起。如果你能以听取女人的倾诉为乐趣，如果你能在生活中细心体察女人的情绪，那么，对于女人来说，你就是最好的知己、最好的朋友、最有魅力的爱人。不过，倾听女人的倾诉与讨女人的欢心并不是一回事。若想把握这之间的分寸，实际上也是一件很难的事情。能够恰到好处地倾听女人的倾诉，是良好情商的体现，与博取欢心的刻意做作有着本质上的区别。良好的情商，就像神仙所赋予的"神通"一样。一个男人要是具备了这样的"神通"，也就有了最大的魅力，不用费劲就能捕获女人的芳心。类似我这般不具备"神通"的人，就只能望尘莫及了。

学问与女人

以前，常常会看到一些敝衣破帽的学生在大街上走来走去。不过，这几年已经不怎么看得到了。

"那种打扮也是一种洒脱啊。"

街上的行人当中，也有这么指指点点地评论他们的。从神情中能够看得出来，他们这么说，一半带着怜悯，一半带着嘲讽。

是的，敝衣破帽者给人留下的印象，确是一种凄惨的潇洒。而如今之所以会消失，可能是因为玩潇洒变容易了吧。首先，弄顶帽子扣在头上，实在太简单了。再说衣服，披件毛衣或是夹克什么的，也很容易啊。更何况，现在买件毛衣或是夹克也花不了几个钱。对于年轻人来说，能够轻松地把自己打扮成潇洒的样子，是多么求之不得的事。可是，一件事情，要是大家都能做到的话，也就失去了它的魅力。

"那个人真棒！系的领带总是那么有品位，鞋子和裤子也总是收拾得那么利落。"

也许，有些公司的白领每天都会花费很多心思打扮自己，为的就是得到年轻女子们这样的评价。说到底，在那些刻意把自己打扮得风流倜傥的人的内心深处，在潜意识里，还是想成为那些痴情女人渴慕的对象吧。

当然，我们不能说这样的男人都是些见异思迁的薄情郎。但不可否认的是，在那些浅薄的风流倜傥的男人当中，确实有很大一部分是见异思迁的负心汉，也有人用"绣花枕头"这个词语来形容他们。如果我告诉你，本应与"绣花枕头"不沾边的学者当中，现在也有类似的"绣花枕头"存在的话，你会不会感到很吃惊？但没办法，这样的情况如今比比皆是，真的让人无话可说。

我想说的是，如今讲究发型、服饰和公文包式样的学者，还有自以为是、觉得自己什么都懂的学者越来越多了。也就是说，越来越多的所谓"学者"，其实都是一些"绣花枕头"一般的平庸肤浅、没有真才实学的人。

这些所谓"学者"，往往自命不凡，自以为博识多才。不管谈论什么话题，他都能侃侃而谈，似乎没有他不知道的东西。这种人凭着自己的博闻强记，在脑子里装了一堆知识，因而无论说到什么，他都能插上嘴。但是，一旦彼此的了解加深了，就会发现，他虽然"博识多才"，知识面很宽，可认识却非常肤浅，属于"半瓶子醋"。他们平时虚张声势，以"博学"唬人，按理说，是不会博得人们的尊敬的，也不适合做青年学生的人生导师。然而，事实并非如此，"臭味相投"的现象，在学界也同样存在。总有那么一帮学生，他们喜欢这些浮华的学者，拜倒在他们的门下，继承他们的衣钵。因此，在这个世界上，这种类型的"学者"可谓源远流长，后继有人。

与之相反的，是那种沿着一条狭窄的坑道深挖猛刨的"痴呆型"学者。这些人对自己研究专业之外的东西，即便是门类相近的领域中的知识也一无所知。他们将所有的精力都用在了自己研究的专业上，哪怕是再细微的方面，他们都会认真探索，深入了解。他们的那股劲，简直就像有些人琢磨女人似的——那个女人到底好在哪儿？怎么一见面就让人难舍难分呢？往往百思不得其解。这些人由于过分专注于某一个方面的学问，要是稍微偏离一点他们研究的专业，就一窍不通了。而只要谈起他们研究的那个狭窄的专业领域，马上如鱼得水，活跃异常……这些人数十年如一日，沉迷于自己的象牙塔中，早已变成了反应迟钝的"痴呆型"学者。

仔细观察那些"绣花枕头"的学者，会发现他们最显著的特点就是学风极其浅薄浮华，善于将自己装扮成新潮的样子。即便是博闻强记，也喜欢专门挑选那些能够吸引他人眼球、能够哗众取宠的东西。刚开始可能会迷惑一些人，但用不了多久，他们那些骗人的把戏就会被人们识破，从而原形毕露。而那种只知道潜心学问的"痴呆型"学者，就像那些除了自己的女人之外，对别的女人一无所知的男人，专一而又严谨，令人感动。但是，他们既不能作为谈心的朋友，也不会对别人有任何的帮助，充其量只能算是个心地善良的好人吧。

看来，无论是做学问，还是对待女人，都不可走极端。只有那些真正用心而且不钻牛角尖的人，才是靠谱的。

女人与香味

在苏州的街上，您会看到人们将一种白色的小花装在用兰草编织的小兜子里卖。这种白色的花散发着一股特别的香味，十分清幽迷人。问卖花人那是什么花，他的回答是"白兰花"。姑娘们买了就佩戴在胸前的衣襟上，慢悠悠地行走在傍晚的大街上。

北京的夏末时节，姑娘们会用细铁丝将一种名叫"晚香玉"的花朵穿成一只小圆环，佩戴在发髻上，或是当成胸针一样佩戴在前襟。正如它的名字一样，晚香玉白天再怎么闻也闻不出香味来，可一到晚上，它就会散发出强烈的香气，给年轻的女性平添一种妩媚与青春的活力。

在中国，人们会把桂花、茉莉花做成"花茶"，供人们品尝。而兰花、晚香玉的香味，则是通过融入女人的体香来勾摄男人魂魄的。不过，情况也并非绝对。人们有时也会用兰花泡茶，姑娘们也会用茉莉花或者紫丁香花装饰自己的衣襟。就中国人的趣味而言，花的香味，既可以通过味觉来品评，也可以通过女人艳丽的身体来欣赏。两者之间虽说形式不同，却也并没有特别清晰的界限。

总的来说，中国的花儿与日本的相比，香味要浓烈许多。兰花原本就是中国的花卉，人们赞美她清新的香味，喜欢将她比作清幽的仙子。而我觉得，中国的兰花香味强烈、妩媚，充满妖艳的色彩。

相传，位于北京什刹后海北岸的醇亲王府，原本是纳兰性德的府邸。有研究结果表明，曹雪芹写《红楼梦》时，就是以这座园林作为"大观园"原型的。可见，这是一座极其奢华的宅邸。如今，这座园子已经荒废。也许正因为荒废，才更加增添了它的魅力。那些长满水锈的池塘，那些茂密的芦苇，都充满着萧条的气息。当我站在这座园子前，看着眼前一片荒芜的场景，总会不由得去想象 18 世纪前后这座园林的豪华景象。

就在醇亲王府院子深处，栽种着一片古藤。要是在日本的话，这片古藤肯定会被列为"天然纪念物"加以保护。每到夏季，紫色的花穗挂满枝头，就连周围的空气仿佛也被染成了淡紫色。且不说古藤上的紫色花穗是多么楚楚动人，就说她那馥郁的芳香，已是怎样令人神魂颠倒！

我觉得，人们平时所说的"清香"，应该是指那种略带甜味的花香。而"艳香"呢，则应该是一种冷洌的香味吧。我常常站在垂吊着重重花穗的紫藤架下耽入幻想，总觉得《红楼梦》中的林黛玉、薛宝钗就躲在紫藤的某一朵花穗里面。

日本人对于紫藤花的香味似乎并没有太深刻的印象。而在中国，紫藤花却是一种煽情的象征。

说起花的香味，我便情不自禁地联想起中国女人的体香。生活中，她们当然也会使用各种各样的香料。但是，自古以来，她们更习惯于用当季花卉的香味来巧妙地打扮自己。

　　女人喜欢在自己的身体上涂抹香料，从本能上讲是为了吸引男人。据说，杨贵妃就特别喜欢岭南的荔枝。不用说，她首先肯定是喜欢荔枝果实——"紫纹缃理"[①]"火实天浆"[②]的味道，而那浓烈清冽、脍炙人口的芳香，又正好对了她的胃口，自然也赢得了玄宗皇帝的欢心。记得苏东坡在《食荔枝二首（其二）》中这样写道：

> 罗浮山下四时春，
> 卢橘杨梅次第新。
> 日啖荔枝三百颗，
> 不辞长作岭南人。

　　他的意思是说，要是能够每天吃上三百颗荔枝，即使长住在广东岭南这样偏僻的地方也心甘情愿。这里说的虽然不是花的香味，但唯其是果实的香味，才更能从味觉与嗅觉两个方面体味到妙处。无论是从感官上，还是在肉体上，都是一种别样的体验。

　　永井荷风在他的随笔文章中描写下等妓女的香味时，说是"阿尔波斯"香皂和"金鹤"香水之类化妆品的味道。也许是如今的世道变得奢侈了的缘故，荷风笔下的那些东西早就见不着了。可是，也还是有许多女人在使用廉价的花露水、香水、护发油，等等。女

---

① "紫纹缃理"：引自唐代文学家张九龄《荔枝赋》。
② "火实天浆"：引自苏东坡诗《食荔枝二首（其一）》。

人们在粉底、腮红、香水、发蜡之类的化妆品上，历来是不计工本，不怕花费心思的。总之，女人们为了使自己的身体和衣物散发香味，可谓不辞辛劳，大伤脑筋。

根据世界美妆史记载，法国国王路易十五统治时期，他的宫廷弥漫着浓郁的香气。相传，当时的宫廷里，每天都要大量使用各种不同香型的"太阳王"牌香水，贵夫人们都将手捧奇香四溢的花束作为一种时尚。现在日本的年轻女性们，虽然比不上路易十五时代那么讲究与奢华，也还是愿意不惜工本，竭尽全力将自己弄得香喷喷的。

然而，有些女人刻意把自己弄得香气弥漫，无非就是为了满足吸引男人的注意力那么一个浅薄的欲望罢了。有的女人对于我的看法不为然，她们这样辩解道：

"哪来这样的事情啊。我们把自己打扮得香香的，还不是图个好心情。"

我认为，她们愈是这么说，就愈是掩饰不住内心深处的虚荣与肤浅。

我一直感到纳闷：那种散发着天然香味的女人，那种能够令人从精神上体味到花香的女人，那种能够在心底留下一缕芳香永远都不消失的女人，怎么就那么难找呢？那些特别喜爱使用香水、发胶之类的化妆品，以香气扑鼻而骄傲无比的女人们，为什么就不能从这种"形而下"的爱好中超脱出来，在感情、精神的层面也变得芳香迷人呢？

"那么，男人们就更应该珍惜女人这种心灵的芳香啊。你这么说不是很奇怪吗？要是有这样的男人，我倒是想见识见识啊。"

我想，那些女人肯定会这样反咬一口的。

我想说的是，男人们并非人人都珍惜心灵的芳香，但他们很看重心灵芳香的妙处，懂得女人眼泪所含情意的分量。这也许是男人们大多是纯粹的感伤主义①者的缘故吧。

男人呆板、笨拙，有时就连撒谎都会漏洞百出。这说明了什么呢？从根本上来说，还是男人单纯的原因吧。这样的男人，若是遇见心灵充满芳香的女人，当然马上就会惊喜不已，坠入爱河。真不知道这是好事还是坏事。在这个世界上，有相当一部分女人只把心思花在香水、发胶等化妆品上，而很少肯在塑造精神世界上下功夫。所以，男人们很难有机会遇到充满心灵芳香的女人，也就只好沉沦、苦闷，甚至堕落了。

据传，蓬帕杜夫人②是历史上消费香水最多的人，很难说清楚她到底消费了几万瓶香水。她如此大量地消费香水，或许使得她判断香水优劣的嗅觉变得特别灵敏了。但是，那些香水的芳香难道也能薰香她的灵魂？

女人们喜欢香味，也懂得如何利用这种香味。因此，我迫切地期待女人们能够以此为契机，让自己的心胸与灵魂也变得充满香味。

恋爱中的女人，灵魂往往会在一段时间里散发出诱人的馨香。要是用花儿来做比喻的话，就像玫瑰花那样，用热烈的芳香陶醉男人的心灵，将男人卷入芳香的漩涡。但好景不长，这往往只是一种

---

① 感伤主义：英国于18世纪60年代至80年代末期发生的一种文学潮流。产业革命以后，现实矛盾加剧，人们开始对理性社会产生怀疑，但又无可奈何，只得寄希望于艺术和情感来表达对现实的不满和逃避。
② 蓬帕杜夫人：法国国王路易十五的著名情妇，交际花。

伪装，一旦目的达到了，女人那馥郁芳香的玫瑰花就会慢慢地枯萎、凋谢。

"这也不光是女人啊，男人不也是这样吗？"

她们大概会这样为自己辩解吧。其实不然。男人虽然有些任性，但他们珍惜和疼爱女人美好心灵的愿望是不会变的。这也体现出了男人单纯的感伤主义的格调吧。

我曾经遇见过一对世上少见的恋人。在五六年的时间里，他们一直说着要分手，但又从来没有真正分过手。与其说他们是以"分手"这样的话题来确认彼此爱情的存在，倒不如说他们将这样的话题当作了一种消遣的方式。

"我女朋友的心底好像长着许多花蕾，一朵花谢了，另一朵花蕾又会开放。所以，在她的身上，始终能够嗅到令我心醉的香味。"

有一天，这个男子对不解其意的我说了这样的一段话，真是令我羡慕不已。

女人与桌子

　　走进咖啡馆或是餐厅，坐在桌子前，最令人难受的，莫过于桌子的腿不平，桌子总是晃动。

　　遇到这样的情况，我必定要把店里的伙计叫来，看着他把硬纸板揉成个小团，塞进桌腿下面，止住桌子的摇晃，心里的一块石头似乎才算落了地。

　　古代日本人的生活中，桌子这样的家具，除了做书桌之外，似乎配不上什么用场，因为人们吃饭的时候使用的是膳桌①。现在的年轻人可能已经不知道了。打开膳桌的盖子，饭菜就放在盖子上。吃完饭之后，餐盘、筷子，还有吃剩的饭菜等，一股脑都收拾进箱

---

① 膳桌：指盛放一个人的餐具和食物的小台子，便于移动，便于收拾。许多人一起用餐时，也可以将一张张小台子拼在一起。这样的就餐方式主要流行于古代日本以及朝鲜半岛。这种习俗源自日本平安时代，一直影响到今天。例如，现在日本在食用"怀石料理""本膳料理"时，必须采用这种传统的方式。

子里，十分方便利落。所以，那时平常人家就很少使用桌子。哪像现在，家家都有那么多张桌子。

中国人很早就习惯了使用桌椅，所以种类自然就很多。我们只要看看中国的文字，就能了解这个情况。例如，与日本所使用的汉字"机"相当的，中国有"桌""机""几""案"等。

在中国，一家人在院子里吃饭，或是主妇在院子里洗衣服的时候，一般都是坐小板凳。这种小板凳比起日本人在澡堂子里用的那种小椅子还要小一些，必须岔开双腿坐。不过，中国的主妇们穿的是裤子，可以尽管放心地岔着双腿。

院子里的丁香花树荫下，年轻的女人毫无顾忌地岔开双腿坐在那里吃饭、干活。这样的场景在日本是根本看不到的，但在中国是一道习以为常的风景。中国人夏季在院子里用餐时，面前一般都摆一张很矮很矮的桌子，样子有点像日本的"猫足膳"①。由于餐桌上要放许多碗、盘、汤罐之类的餐具，所以，这种饭桌远比日本的"猫足膳"大许多，不过矮的程度却与"猫足膳"相当。我也曾经问过，他们为什么用这么矮的餐桌。他们回答说这是"小餐桌"，似乎也并没有起什么特别的名称。我理解那也是桌子的一种吧。

桌机之类的家具，不管哪只脚不平了，都会摇摇晃晃，发出"嘎吱嘎吱"的声响，着实令人心烦。这就像女人在男人的心中失去了魅力之后的那种难受劲。对于桌子来说，要是出现了哪条腿不平的问题，处理起来还比较简单，只要撕块硬纸板垫在那只桌脚下就行了。可若是女人出现了这样的情况，就不是那么简单能处理好的了。

---

① "猫足膳"：日本一种很矮的饭桌。由于桌子的腿做成猫足的形状，故而得名。

我在读《西京杂记》^①的时候，看到汉武帝所使用的是七宝床^②与桌子。然而，即便是再精工细琢的木工活，一旦有一天它的脚出了问题，总是摇晃的话，无论是写字还是吃饭，就会变得特别难受。

　　当然，桌子也好，凳子也罢，刚做成的时候，是绝不会一只脚高一只脚低的。木材干燥得不够充分，或者木工在做活的时候偷工减料，才会导致这样的结果。

　　其实，男女之间的事情也大同小异。女人喜欢男人当初，"桌子""凳子"的腿还是好好的，放在面前也肯定是四平八稳的。可是，随着时间的推移，不知什么地方就开始出现不平了，就开始"咯哒咯哒"地发出声响了。夫妻之间要是出现了"咯哒咯哒"的情况，女人会觉得是男人出了问题。实际上，双方都是有责任的，把责任推给某一方并不公平。遇到这种情况，女人总会说这样的话：

　　"我们之间也快走到头啦。"

　　"快走到头了？是什么意思？"

　　"可不是嘛。你瞧瞧你最近变得多么冷漠啊？我们刚开始的时候可不是这样啊。"

　　女人总是喜欢对男人撒娇。而男人面对女人的撒娇，也不会感到不喜欢。开始的时候，女人的这种撒娇带着与生俱来的情趣，男人还是很乐意接受的。但是，彼此在一起的时间久了，这种撒娇就

---

① 《西京杂记》：中国古小说集，共129则，每则短者仅十余字，长者亦不过千余字，相传是东晋葛洪著，一说汉朝刘歆作。史学家顾颉刚在《中国史学入门》指出，《西京杂记》这本书，"讲了汉朝的许多故事"。"西京"指长安。
② 七宝床：据《西京杂记》卷二记载，汉武帝用多种宝物装饰的床称为"七宝床"。"武帝为七宝床、杂宝案、杂宝屏风、杂宝帐，设于桂宫，时人谓之四宝宫。"

变了味道，变得纠缠不清。而男人觉得这样的问题是最不好处理的，也是最受不了的。

"你最近变得多么冷漠啊！"这样的说辞，是女人带着怨恨的一种撒娇方式。其实，也未必真的是男人变得怎样"冷漠"有了过错，女人之所以口出这种怨恨的话语，也许是因为生活过于平静，通过另一种方式确认彼此的感情吧。

以前有一种用传统工艺制作的桌子，叫"一闲张"①，现在已经很少见到了。"一闲张"用和纸②裱糊而成，涂上油漆，看上去很漂亮，而且特别轻便，便于搬动，再也没有比这更方便的桌子了。不过，这种桌子登不了大雅之堂，不适合放在客厅等场所。但作为孩子们学习用的书桌，却是再合适不过的了。也许有人会说，这种桌子没有抽屉，用起来不方便。可它能在家里随意搬动，仅此一点，它的功用就是其他种类的桌子所不能企及的。冬天，随着屋子里移动的光照，可以把桌子搬到廊檐下，或者窗口边。一天当中，大部分时间都可以在阳光下读书写字，是多么惬意的事情啊。要是使用普通的书桌，又怎么能够享受到如此的乐趣？

如今的女人们，无论从哪个角度看，似乎越来越像"一闲张"桌子那样懂事、乖巧了。尽管如此，顺从的女人还是很难见到。

---

① "一闲张"：日本一种用和纸与油漆制作的传统工艺品。涂漆既能使得工艺品美观，又能防水防腐，还能增加它的强度。有传说认为，这项技术是中国明朝流亡日本的飞来一闲所传授的，因此起名"一闲张"。也有传说认为是农民在农闲季节制作的工艺品，故起名"一闲张"。

② 和纸：日本以传统技艺生产的一种纸，区别于西方传入的洋纸。和纸通常由雁皮、三桠或纸桑的纤维制成，也可用竹子、麻、稻秆和麦秆制作。2014 年 11 月 26 日，联合国教科文组织审核通过将日本"手漉和纸"技术列入非物质文化遗产。

"什么呀！您的这种说法，听起来真是太奇怪了。难道什么事情都得由着男人们的心思去做吗？"

也有女人会这样冷笑着反诘我。说这话的当然是在酒场讨生活的女人。但即使不是这类在风月场所靠出卖色相谋生的现代女性，又有几个不是用同样的口吻回击男人的？

有一个词语叫"窗明几净"。所谓"几净"，我以为，并不是说桌面上要像舔过一般干净，也不是说桌面上只能放一支笔那么清爽。即使桌子上很杂乱，但只要这张桌子的主人在心里能够理得清桌子上的所有东西，便达到"几净"的要求了。女人们也许更注重形式上的"几净"，喜欢一尘不染的桌子。

说起"窗明几净"这个词语，我不由得想起了早年在十一谷义三郎[①]先生家中见到过的与"窗明几净"这个词语很匹配的女子。那时，他刚刚写完长篇小说《唐人阿吉》，将所有的职务都交给了亲戚三宅几三郎[②]，自己则潜心于书店的事务。

当时，我受十一谷先生的委托，抄写纪州儒学家那波活所[③]先生用汉文书写的随笔文章。我借着送抄写件的机会，想看一看十一谷君的居家生活情况，就特意去了他家。

---

① 十一谷义三郎（1897—1937）：日本小说家、翻译家。学生时代与三宅几三郎、本田喜代治等创刊同人杂志《行路》。后来，在东京府立第一中学校担任英文教师的同时，从事小说创作。1924年，加入川端康成、横光利一等人的《文艺时代》杂志，并担任文化学院英国文学系主任。1928年，长篇小说《唐人阿吉》获"国民文学奖"。
② 三宅几三郎（1897—1941）：日本小说家、翻译家。东京帝国大学英文专业毕业。学生时代即与十一谷义三郎等创刊同人杂志《行路》，创作小说作品。
③ 那波活所（1595—1648）：日本江户初期的著名儒学家。名信吉、方、䑕，字道圆。

每天要抽五十支烟卷的十一谷先生，手指都被香烟熏得焦黄。见到我，他很高兴，谈话的兴致也很高。他是位"泛读家"，读书没有一定之规，尤其喜欢读那些不怎么引人注意的书籍，而且还对某些奇妙的细节有着特别的兴趣。

　　我看了一眼他的书桌，上面堆放着许多书籍，显得特别杂乱。可是，我却从他如此杂乱的书桌上，感受到了他内心的安宁。给我们添茶倒水的，是一位三十岁左右的女子。她并不是十一谷先生的夫人。不过，朋友当中早有传闻，说她虽然不是十一谷先生的夫人，却也跟夫人差不多。这位女子麻利的举动、简洁的言语，令我感受到十一谷先生书房里弥漫着一种清新的气息——那才是真正的"窗明几净"的感觉。

　　我与十一谷先生谈兴正浓，突然不知从哪儿飞来一只蜜蜂。那蜜蜂在书房里慌急慌忙地飞过来飞过去，发出"嗡嗡"的声响，冷不丁地还做出要往我们脑袋上撞的姿势，实在令人心神难安。此时，只见那位女子走进厨房，拿来一把旧扇子，轻手轻脚地将那只蜜蜂往窗户外面赶。她那从容不迫的神态、敏捷利落的动作，一下子就给我留下了十分深刻的印象。

　　再看他家的院子，虽然狭窄，可绿草葱茏，花开艳丽。这一定也是那位女子亲手打理的吧。与这位女子的偶然接触，不禁引发了我诸多感慨：或许，现在如同"几净"那样的女人已经很少了。但少归少，也还不能说完全绝迹了吧。我想，世上如果还能有些像"一闲张"那样的女人，轻巧体贴地与男人相处，该多好啊。

　　如今，市场上再也见不到"一闲张"了。所以，我就从古董店里买了张"寺子屋机"①，用来写东西。这是一个旧物件，古色古香，手感也不错。但它是榉木做的，分量很重，不像"一闲张"那么轻巧，不便于在房间里搬动。不过，坐在这张桌子前做事情，似乎要比坐在书桌前轻松许多。我虽然有了张称心的桌子，但由于缺乏"红袖添香"的情趣，所以距离我所追求的那种"窗明几净"还十分遥远。

"什么时候我也能得到真正'几净'的乐趣啊！"

有时，我坐在"寺子屋机"的前面，也会耽于无边的空想。

---

① "寺子屋机"：日本江户时代寺院的僧人教平民读书、识字、打算盘时使用的桌子。如今已经十分稀少，在古董店偶尔还能够见到。

女人与酒杯

　　要是说酒杯就是女人的话，那些信奉弗洛伊德的人，可能会跳脚。所以，我首先申明一下，这篇文章我想说的是，假如将男人的心思比作酒的话，那么女人就是装酒的杯子——仅此而已，绝无对女性不敬的意思。

　　中国民间有谚语，说水总是根据盛放它的容器而改变自己的形状。如《韩非子》有云："为人君者，犹盂也，民犹水也。盂方水方，盂圜水圜。"原本是将君主的政治比喻成盛水的容器，将民心比喻为水。后来，人们由此引申出了其他解释，用以形容人们在社会交往中遇到各色人等，他们在性格、品行方面会相互影响。

　　我们暂且不去谈论如此深奥的道理，还是简单说说眼前这个有关男女的话题吧。一个原本单纯的男人，会依照跟他交往的女人的形状而发生变化，有可能变成圆的，也有可能变成方的。这样一来，也就应了前面提到的"方圆"之说。

古代加贺国①有陶瓷酒杯名"古九谷"和"青九谷",自古以来就是当地的特产,金光闪闪的,就像现在的"九谷烧"②的酒杯一样,非常漂亮。现在商家在卖酒的时候,会将这种杯子装在酒箱里一起卖。不过这些杯子都是些仿制品,既无"古九谷"的韵味,也没有"青九谷"的神采。一些根本不懂瓷器的顾客,看到这些色彩缤纷的酒杯心生喜欢,也就一起拿回去了。也许,在这些人看来,家里放上这么些漂亮的酒杯也是一件很风雅的事情。殊不知,正是因为这些仿制的瓷器酒杯,将好端端的美酒的味道一下子减了大半。

我想说的是,不能轻视酒杯对酒的口感的影响。那种质地很薄的酒杯,送到嘴边时,是一种很柔和的感觉。饮酒时,若是遇上自己喜欢的酒杯,会觉得酒的味道也提升了许多。

我有个中学同学,他的父亲是日本桥那边一家大药铺的老板。大正中期(指 1918—1920 年),东京人开始讲究时尚,市区一下子就开了许多家咖啡馆。在堀留町③那边也有一家,店名好像是叫"宝丽莎"。这在当时来说,也算是很时尚的了。我从学校回家的途中,就常常约他一起去"宝丽莎"喝杯咖啡,坐着说些不咸不淡的话来打发时间。闲聊的时候,他常常会提起这样的话题:

"像我这样的人,为了继承家里的生意,将来也就只好与父母选定的女孩结婚生子啦。"

---

① 加贺国:823 年,日本将越前国一分为二,变成江沼郡与加贺郡,设立加贺国。江户时代,改为加贺藩。

② "九谷烧":指出产于日本石川县南部的金泽市、小松市、加贺市、能美市等地的彩绘瓷器。

③ 堀留町:指日本桥堀留町,位于东京都中央区的原日本桥区域内。

每次听他这么说，我都觉得这些话与他的年纪不相称，有些少年老成的味道。与其说是"少年老成"，还不如说是暮气沉沉更加恰当。也许，他这是在向我炫耀自己的家世，表达自己的优越感？

　　后来，他也考上了庆应义塾大学。刚一入学，他就摆出一副要大干一场的模样，实在让我刮目相看。我们专业不同，所以在学校里难得见面。我听到传言，说他迷恋中州的艺妓，几乎不回老家。难得回家一次，也总是气得双亲伤心落泪。

　　想起他当年跟我在咖啡馆里说的那些话，还以为他是个唯父母之命是从的孝子呢，谁想竟是这样的一个人！他一开始迷恋中州的艺妓，接着又迷恋上了吉原的艺妓、浅草的艺妓、葭町的艺妓……可以说绯闻不断，而且每换地方，必换女人。

　　他出身富贵，但父母亲死后，生活竟然到了十分窘迫的地步。他在庆应义塾大学大概只读了一年，后来就退了学。自从他退学之后，我就再也没有听到过他的绯闻，也没有再见到过他。

　　"他呀，跟一个剧场的女售票员在一起啦。现在好像住在千束町呢。"

　　我再次听到朋友说起他来，已经是许多年以后的事情了。朋友告诉我，现在跟他在一起的售票员是个正派女人，在她的帮助下，日子还算过得去。他也浪子回头，考取了药剂师的从业资质。俗话说："瘦死的骆驼比马大。"由于父亲的关系，他得到了许多朋友的帮衬，不光开了一家不错的药店，还购置了土地，盖起了自家的房子，现在生活过得光鲜亮丽，令人羡慕。

　　听朋友这么说，我在心底暗自庆幸，总觉得他最后遇见的这个剧场售票的女人，就像是个手握起死回生仙丹的仙人，将一个几乎无可救药的人变成了真正的男人。我认为，这是因为他命里的缘分，得到了一只无价的"酒杯"。

酒味道的好坏与酒杯有关，男人的好赖与女人有关。我由此想到那位好酒又好色的李白，涉及酒和女人题材的作品可谓不计其数。但是，他到底喜欢什么样的酒杯，又喜欢与什么样的女人亲近，大概也没人能够说得清楚。要是说起喝酒的诗人，许多人可能马上就会想起李白。但在我看来，与李白相比，杜甫才是喝酒的高手。至少，在真正品酒方面，在女权主义方面，杜甫应该更胜一筹吧。

自古以来，人们总是为李白放荡不羁的浪漫诗情所迷惑，从而忽略了真正能解酒味、能察世间真情的杜甫的真面目，不能不说是一件遗憾的事情。如今，我们已经很难知道杜甫喜欢用什么样的酒杯喝酒了，可是，诚如诗句所云，"兰陵美酒郁金香，玉碗盛来琥珀光"，我们可以得知，李白喜欢美玉制作的酒杯。我猜杜甫可能更喜欢质地淳朴的酒杯，更喜欢静静地举杯畅饮吧。

在出入皇宫的那些日子里，杜甫也许曾频频举起过象征着高贵身份的"夜光杯"，痛饮过产自西域的琼浆玉液。陶然沉醉之时，也许曾被后宫美女们那带有浓重异国情调的轻歌曼舞夺取过魂魄。然而，我以为那并不是他的真实面目。村野酒肆的寒灯下，粗制的小盏，新熟的家酿，独自一人，细斟慢饮……这样的场景，似乎才更符合诗圣杜子美的性格。

在长篇诗作《北征》①中，杜甫写到他给糟糠之妻送胭脂的情

---

① 《北征》：唐代诗人杜甫创作的长篇叙事诗。此诗是安史之乱爆发的第二年即至德二年（757）八月，诗人从凤翔到鄜州探家途中所作，叙述一路见闻及到家后的感受。

节。长期在家辛勤操劳的妻子没有可穿的衣物，只得将结婚时的嫁衣当作常服穿着。就那么一件衣裳，穿了许多年，已经破旧不堪，布料的花纹都已难以辨认。他们久别重逢，妻子没想到还能与自己的丈夫活着相见，与孩子们一样露出了欣喜的神色……我们可以看到，喜欢细斟慢饮的杜甫，喜欢粗制酒盏的杜甫，只用了寥寥数行的文字，就将自己的深情表达得淋漓尽致。

陶宗仪[①]在他的著作《辍耕录》[②]中，提到一种名叫"解语杯"的酒杯。他是这样描述的："七月九日，饮松江泗滨夏氏清樾堂上。酒半，折正开荷花置小金卮于其中，命歌姬捧以行酒。客就姬取花，左手执枝，右手分开花瓣，以口就饮，其风致又过碧筒远甚，余因名为解语杯，坐客咸曰然。"这种"解语杯"，应该就是歌妓所捧莲花中的小酒杯吧。"解语杯"这个词听起来倒是颇有些趣味，然而，考察它的实质，却隐含着一种轻薄在其中。你想，那些举杯劝酒的美女，又有几个是解得有情人心思的？如此，既无"解语"之人，又何来"解语"之杯？在我看来，用玻璃酒杯喝日本酒是最合适的。当然，这只是我的一己之见，未必适用于所有的人。柳桥[③]附近有一家酒馆，每到夏天，就让客人用玻璃杯喝酒。我认为，这种做法不应该只限于夏季，一年四季都可以啊。酒倒进玻璃杯中，不仅能

---

① 陶宗仪（1329—1412）：字九成，号南村，台州黄岩人。元末明初文学家、史学家。自幼刻苦攻读，广览群书，学识渊博，工诗文，善书画。

② 《辍耕录》：元代文学家陶宗仪创作的一部有关元朝史事的笔记。该书保存了宋元两朝的典章制度、史事杂录、文物科技、民俗掌故等，还有小说、书画、戏剧、诗词等，具有珍贵的史料价值和学术价值。

③ 柳桥：日本东京都台东区的町名。

闻到酒香，还可以欣赏酒的颜色，这是怎样的赏心悦目！而用陶瓷杯喝酒，就少了这样的一种乐趣。

男人如同离不开酒杯一般离不开女人，他们希望女人这种"酒杯"是透明的。女人在评价男人时，总是说，某个男人很懂女人，而某个男人一点儿也不懂女人。然而，女人那些曲折迂回的心思——明明想走右边，却偏偏要靠左边走的做法，真是给世上的男人们平添了数不尽的烦恼。要是都能像玻璃酒杯一样简单明了、清澄透亮，省了多少麻烦，该多好啊！

女人与领带

以第二次世界大战结束为界，在那些悄悄消失的日常用品当中，女人们过去一直喜欢用的衬领，算是其中一种吧。

以前，女人们使用衬领，可以说到了狂热的地步。大姑娘、小媳妇，几乎人人都装备着"衬领柜"，里面挂着色彩缤纷的衬领。在与衣服搭配时，常常举棋不定：这件衣裳搭配哪个衬领？这个衬领搭配哪件衣裳？就这么拿进来拿出去，换过来换过去的，也可以说是女人们生活中的一个乐趣吧。衬领布料的图案有幼鹿花纹①的，有麻叶花纹②的，也有水玉花纹③的，不一而足。要是打开女人们的

---

① 幼鹿花纹：日本传统染花布料的一种。图案是在淡茶色的面料上印上白色的斑点，如同小鹿身上的毛色一样。

② 麻叶花纹：日本传统染花布料的一种。图案如同大麻叶子呈正六边形，有各种各样的颜色。

③ 水玉花纹：日本传统染花布料的一种。图案主要以各种颜色的水滴样圆点组合而成。

衬领柜门，你会发现，那里简直就是一个百花盛开的花园。这在当时，也可以说是引领女装潮流的一种标志吧。

"你瞧我这件衬领，也没法戴啊！瞧这刺绣做得坑坑洼洼的……"

女人手里拿着一件衬领，露出一脸不高兴的神情，对自己的闺蜜这么发着牢骚。在现在看来，这仿佛是远古时代的事了。

最近二十多年来，女人们的衬领已经不再使用带有花纹的布料了，一律都是白色的。所以，如今的大姑娘、小媳妇再也享受不到衬领柜里的物件带给她们的快乐了。

与之相反的是，现在领带在男人们中间倒是越来越流行了。过去，喜欢领带的男人们，这也不满意，那也不满意，最后还是买了进口货才消停。因为在那时，要想买一条中意的国产领带实在是件难上加难的事情。

最近几年，国产的领带品种日益增多，令人眼花缭乱。还有那些"半舶来品"，品位也很不错。我说"半舶来品"，你可能会感到奇怪。事实上，那些产品确实是"半舶来品"啊。因为现在商店里受欢迎的领带，大多是采用皮尔·卡丹①、莲娜·丽姿②等外国著名品牌设计师的创意，由国内工厂生产的产品。尤其那些摆在专柜里出售的产品，估计购买创意设计的版权费用就高得吓人。这要是在

---

① 皮尔·卡丹：意大利裔法国服装设计师。1922年出生于意大利威尼斯。1945年，他为电影《美女与野兽》设计的服装作品颇受好评。1950年，他在巴黎开设了同名服装设计公司。

② 莲娜·丽姿（1883—1970）：出生于意大利的法国时装设计师。以服饰起家，以香水闻名于世，同名品牌 NINA RICCI 的创立者。

过去的话，一般人哪敢问津？

"您的领带是自己挑选的吗？"

有时酒场上的陪酒女子会提出这样的问题。每当这时，常常会听到男人很牛气地回答一个响亮的"嗯"字。此时此刻的男人，在发出"嗯"的声音时，似乎是憋足了力气。这让我感到很可笑。于是，女人们就忙着说些奉承的话，比如"您的品味真高雅啊"，"您选的领带真漂亮呀"，等等。

其实，这些溢美之词，不正是他们所期待的？喜欢听自己的衣物被人夸奖，看来也不只是女人的专利啊。尤其是这些年来，男人们在这方面的倾向性越来越明显了。这也可以理解为男人"女性化"的一种趋势吧。

狮子文六①先生在他的随笔集《说三道四》中曾经写过一篇题为《领带与老婆》的文章。日本人在国外饭店吃饭点菜的时候，喜欢说"随便"。这在外国人看来，是一件很奇怪的事情。那么，我们该怎样看待日本人在饭店里点"随便"这件事呢？文六先生说，这个"随便"，说明顾客对这家饭店的菜品质量都是放心的，或者这家饭店是知道这些顾客的口味与喜好的。实际上，您点菜的时候说"随便"，店家却不能"随便"了，反而更费心思、更难办了。这么点餐的话，老板可能就会给他们上店里最拿手的菜，他们那不可遏制的虚荣心大概也能因此而得到满足吧。就是这样的一些虚荣心满满的日本公子哥们，他们一旦进了领带店买领带，又会挑三拣四，这也不行，那也不好，十分挑剔。

---

① 狮子文六（1893—1969）：日本小说家、演出家。本名岩田丰雄。

文六先生还说，那都是由于日本的织布和印染技术发达，抬高了男人们的眼界。若是像欧美人买领带那样，为了搭配某件衣服，先考虑好了是买条纹的还是买花纹的，或者是素色的，那走进店里很快就能买成。若是抱着有中意的就买、没有中意的就不买的想法的话，自己也糊里糊涂的，到了店里自然就会百般挑剔了。

　　对于这样缺乏自主性的购物活动，文六先生继续评论道：

　　"这样的人虽然有不错的审美眼光，可是为什么会出现这种犹豫不定的情况呢？那是因为他们对服装一无所知，只是为了买领带而买领带。而在日本人的政治、劳工运动、哲学甚至结婚等方面，不是也都存在着这样的倾向吗？"

　　说着说着，文六先生的话题变得愈加生动有趣起来。

　　"领带与老婆之间存在着很大的相似性。选择领带的标准，与选择老婆的标准是一致的。我以为，这样说一点也不为过。就这一点而言，我们应该好好地向伦敦人学习。当然，不管是伦敦人，还是日本人，老婆这样的'领带'，一辈子大概只会买一条吧。应该怎样去选，每个人的心里都有自己的盘算吧。"

　　写到这里，文六先生的文章就结束了。老婆也好，恋人也好，如果像合适的领带那样，不管穿哪套西服都很般配，估计男人的哀叹就会少许多。如同选不到合适的领带一样，要想找到一个能够体察男人的心情，并能够给予很好配合的女人，实在是件很难的事情。也许，那样的女人的存在，也只能是个空想罢。

　　"一条领带哪能与什么衣服都相配呢？世上当然也不会有这样的女人吧。"

　　但是，请不要把话说得这么绝对，还是在心里留一点幻想吧。

女人与金鱼

　　M年轻的时候是个游手好闲的家伙，可是，最近不知怎么就改邪归正了，就连与女人们的游戏也放弃了，一门心思养起金鱼来。

　　据说，M家住在世田谷的后面，他家附近的河沟里生长着大量蚯蚓，是喂养金鱼最好的食料。

　　"总而言之，金鱼与女人不同。它们既不会抱怨，也不会无止无休地提要求。"

　　这就是M如今为什么改养金鱼的一套说辞。

　　听了他的这句话，我总觉得他之所以能够由当初的喜好女人转变为现在的喜好金鱼，在女人与金鱼的共同点上想必一定有许多心得吧。

　　我记得中国古籍中有过这样的记载，说是古人喜爱砚台，每天把玩抚弄，感觉如同抚摸肌肤柔美的美人一般美妙。就连冰冷的砚台都会带来如此美妙的感觉，更不必说鲜活可爱的金鱼了。不过，砚台倒是可以通过抚摸来享受乐趣，金鱼就只能通过视觉来享受它的美妙了。总而言之，不管是砚台还是金鱼，都是无声无息、没有任何企求的东西。也许，这就是人们"雅趣"所能达到的最高境界吧。

很快，M又不养金鱼了，据说是因为他家附近作为金鱼食料的蚯蚓远近出了名。每天天刚亮，家住本所、深川、千住一带的商贩就骑着单车，赶到M家附近的河沟边上捞蚯蚓。这样一来，M家附近的蚯蚓很快被一扫而光，再也不能像以前那样，随手就能弄到金鱼的食料了。

看来，问题的确是出在金鱼的食料上。这么一来，金鱼也没有什么可以抱怨的了。因为人类的任何雅趣都离不开有钱、有闲，都是用来消磨时光的一种手段，而一旦必须辛苦劳碌去做些什么才能够维持这样的雅趣时，人们也就不会再有这样的雅趣了。M也正是在这样的情况下，才放弃了饲养金鱼吧。其实，在现实生活中，男人与女人的相处，倒是与这种情况有着异曲同工之处。

金鱼属于夏天的风景，这一点上，无论是日本还是中国，都是一样的。我记得北京有句民谚是这么形容初夏风景的："天棚，金鱼缸，石榴花。"所谓"天棚"，就是北京人家夏天用苇席在院子里搭建的凉棚，主要是用来遮挡热辣辣的阳光。人们从美观的角度考虑，还会在院子里放上一两个很大的金鱼缸，再配上石榴盆栽，盛开着艳丽的花朵……这三样东西如今依然是五月的北京最靓丽的风景。

在北京天坛的东北角上，自古就有一个很大的金鱼池。居住在天坛一带的市民，许多都是从事金鱼买卖的商人。在"天棚，金鱼缸，石榴花"的季节里，金鱼池边上人头攒动，热闹非凡。那些混杂在戴着眼镜的老年人和神情肃穆的中年男人当中，探头探脑窥视金鱼池的女孩子们的身影，是最艳丽的一道风景。

每每散步到天坛，在金鱼池边看到这样的景致，我总会在心底感叹一声：真不愧为古都北京的女孩子啊！然而，令我感到意外的是，这些女孩子特别喜欢看的金鱼，并非那种楚楚可怜的品种，而是一种非常怪异的大金鱼。它们长着像瘤子一样的畸形眼球，悠然自在地出没于水草丛中。女孩们就这么入神地看着那些金鱼在水草中时隐时现，脸上满是欢快的神情。

在日本，有种叫"兰寿"①的金鱼，大概可以算是日本金鱼当中形状最怪的吧。不用说，这种金鱼最早一定是产自中国的。可是，我总觉得日本的这种"兰寿"与中国类似品种相比还是温和了许多。

我的金鱼知识很贫乏，几乎为零。在中国的时候，听说人们给金鱼起了许多好玩的名字，如黑大仙、朱雀娼妓、雪客，等等。这些名称都是根据它们的颜色取的，譬如"黑大仙"是通体黑色的，"朱雀娼妓"是朱砂色，而"雪客"则是浑身纯白。

相传，中国人养金鱼是在宋代开始盛行的。大概是当时中国城市的消费水平快速提升，而导致了"金鱼热"吧。据南宋时期吴自牧的《梦粱录》②记载，临安城的钱塘门外，是金鱼买卖的集散地。

说到《梦粱录》这本书，我不由得想起那年去杭州西湖游玩的一件往事。那天，我们走进路边的一家茶馆歇脚。这家茶馆的院子

---

① "兰寿"：日本的金鱼品种。短鳍，具有肉瘤发达的头部，是兰寿的主要特点。兰寿位于头盖的肉瘤称为"兜巾"，眼睛下方与兜巾上下相对的肉瘤称为"下鬃"，而下鬃的前端成球形的肉瘤称为"吻端"。

② 《梦粱录》：宋代吴自牧所著的笔记，共二十卷，是一本介绍南宋都城临安城市风貌的著作。

里有一座用太湖石堆砌而成的假山，假山旁修建了一个很大的金鱼池，池中朱砂色和黑色的金鱼正在悠然地游来游去。一个十七八岁的美丽女孩默然站立在池塘边上，目不转睛地看着池子里游动的金鱼，脸上的表情似乎带着忧郁的神色。

看着女孩如此忧郁的神情，我不由得开始胡思乱想起来：也许，这个女孩的前生是一条金鱼，由于某种机缘而投胎到了人间。而在她这世情缘未了之前，不能回到她的金鱼伙伴们当中。因为她太想念曾经生活的金鱼世界，才痴迷地凝视着金鱼池，脸上露出悲戚的神情……我说的这件事情发生在宋代都城临安，即现在的杭州。那是一个耸立着雷峰塔的地方，那是一个诞生过《白蛇传》故事的地方，所以，我在这样充满灵性的地方，让自己的思绪飞翔一下，也不为过吧。

其实，金鱼就像有些花卉品种那样，假以人工，经过长时间的培育，会产生一些新的变种。女人可绝不是人工可以培育出来的"变种"。我要是敢这样说的话，女士们还不要群起而攻之啊。但事实上，二者有许多相似之处，只是她们自己没有察觉罢了。

简单说吧，要是美容院推出一种新发型，哪怕再怎么奇形怪状，女人们也会趋之若鹜，争着去赶这个时髦，并不管是否对身体有害。要是有人说，每天在房间里踩自行车，可以起到美腿的作用，哪怕再怎么荒唐，许多女人都会照着去做，也不管自己已经很粗的腿会变得越来越粗。也不知道这些人是因为思想单纯、天真烂漫，还是因为愚笨无知。

就是这样一些人，她们每天都在悄悄地做着自我"改造"的事情。说得好听点，她们是受商人的操纵；说得难听点，她们是在骗子的蒙骗中改变着自己，而自己却始终不能自知。

在"不能自知"这一点上，金鱼也是如此。一条条金鱼，它们并不知道自己已经被人类改造成了眼球突出的品种，或是已经被改造成了圆球长尾的品种。那是因为它们自从来到这个世上就是这副模样，所以始终不可能觉悟。女人们总是被无名的力量推着走，只要她们感觉好，就会主动去适应别人"改造"的要求，因此细想起来，其实她们比金鱼还要不可理喻。

按照常理，"小聪明"这种东西与人类的智慧是风马牛不相及的，可是，女人们却能够将"小聪明"发挥得淋漓尽致。在这一点上，男人可谓望尘莫及。女人们外表打扮得光鲜，嘴上说得也很漂亮，道理讲得似乎也很冠冕堂皇。比如，有的女人打算与男人分手，她不会先说分手，反而故意装作不肯分手的样子。等到分手成功了，还要四处宣扬，摆出一副自己被男人抛弃了的委屈模样，以赢得别人的同情……在这种事情上，女人们最擅长发挥她们的"小聪明"了。

"要说优柔寡断的话，男人远比女人厉害啊。"

我经常听到有人这样说。"优柔寡断"当然不是什么好的词语，但也许正是因为男人比起女人要纯粹许多，而且"小聪明"也不够，人们才会形成这样一种看法吧。女人比男人薄情，因为她们怕自己受到伤害。

这样的性格特征，导致她们在世俗风潮来袭的时候，难免唯唯诺诺地盲从，也不可能拒绝人们施加的"改造"。穿花里胡哨的裙子，施行隆胸隆鼻手术，甚至还以此作为炫耀的资本。同样都是被"改造"，我觉得，似乎金鱼显得更聪明一些。若是没有"小聪明"，这一切大概也就不会发生了吧。

游手好闲的 M，在女人那里吃了苦头，然后用满腔的热情饲养金鱼，大概也是想明白了这个道理的缘故吧。

女人与汉字

　　近来，随着吸尘器等家电的普及，打扫卫生的活变轻松了，减轻了家庭主妇的负担。过去，仅从"妇"这个字的结构来看，先撇开做饭、裁缝等诸多活不说，似乎"打扫"才是家务中第一位的。现在，这种情况总算有了改变。话又说回来，也许有人会对"打扫是妇女第一位的工作"这种说法提出质疑。毕竟，对于一个家庭来说，养育子女、精打细算过日子才是最难的事情啊。

　　"婦（妇）"这个字，是"女"字旁加上一个"扫帚"的"帚"，说的是女人需要担当"扫除"这项工作。但这绝不说家庭主妇就是"清扫妇"的意思。在古代，祭祀是人们生活中很重要的一件事。而主持祭祀活动的，往往是家里的女人。所以，这个"扫除"就不是人们平时所说的"打扫卫生"，而是与祭祀有关的"扫除"。祭祀"扫除"看上去是件简单的事情，但在古代的仪式中，是非常神圣的。

　　不过，在如今人们居住的社区、公寓，过去被人们奉为圣典的佛坛、神棚也都不见了踪影。这样一来，父母的祭日、年中和年末的祭祀活动，仿佛与主妇没有了关系。要说年中年末，她们更在意的，可能是丈夫的公司发了多少奖金吧。

若是仔细研究一下的话，就会发现，汉语中有很多表现女人美丽的字词。但是，即使查阅再详细的《汉日辞典》，却也找不到贴切的翻译。诸如"美しい①""可愛らしい②""艶かしい③""優しい④"等都是很美的词，可是，它们之间的细微差别，一般来说，从辞典的解释上还真看不出来。这大概是以前汉字大量涌进来的时候，由于日语的表现力比较弱，很难每个词语都给一个准确的译意。这也是一个不得已的结果吧。人们就只好将这类赞美女人的词语，统称为"美好"。

可以这样说，形容女人美丽的汉字，以及再由这些汉字所组成的词语，可谓不胜其数。由此，我们弄明白了一个道理：对于女人来说，在她们的生命里，"美丽"才是最重要的。然而，男人的想法却不同。那些精心打扮的女人，在男人的眼里也许就是个"丑八怪"呢。汉语中有那么多赞美女性的词语，虽然我们现在无法证明这些词语全都出自男人们之手，但能够通过文字，将女人的种种美好表达出来，应该说是一件功德无量的事情吧。

年轻的女子谁都喜欢，因此就有了"好"这个字。"好"字是由"女"和"子"组成的。类似这样由两个字共同组成一个新的字，

---

① 美しい：日语形容词，可译为美丽、漂亮。
② 可愛らしい：日语形容词，可译为可爱、讨人喜欢。
③ 艶かしい：日语形容词，可译为艳丽、娇艳。
④ 優しい：日语形容词，可译为优美、优雅。

并且它们的意思又可以互相补充，产生一个新的词意，在语言学上，人们将这种汉字称为"会意字"。"好"这个字无疑就是一个会意字。

在汉字当中，有很多字都是以"形旁"表示意思，以"声旁"表示读音的。例如，形容女人跳舞的样子的字"娑"。这个"娑"是指女人的意思，而读音则是从"沙"。类似这样的字称为"形声字"。

而最有意思的，还要数那些既"会意"又"形声"的文字。比如"妍""婉""媚""嫣"这类字，如果你盯着它们看的话，仿佛感觉到有各种各样的美人从字里行间走出来。与"妍"字读音相同的还有"研"，含有磨炼的意思。所以，"妍"所表现的"美丽"，应该是经过磨砺之后的"美丽"与"艳丽"。那些动不动就说粗话，总是嚼着口香糖的女孩子，大概与"妍"这个字是无缘的。

"婉"也是兼具"会意"与"形声"双重身份的汉字。从"宛"字的古字形来看，不免给人一种低眉顺眼的感觉。而"腕"字，又显示出一种柔美的气质。也就是说，"婉"这个字所体现的，是一种端庄贤淑的美。例如，"宛然一笑"，绝不是那种张大嘴巴的"哈哈"大笑。而"婉曲"这个词语，也绝不是那种直截了当指责别人的做法。

"媚"，就是献媚、亲密的意思。这个字是"女"字旁加一个眉毛的"眉"，读音从"眉"。应该说，这种"美艳"是通过女人的眼角眉梢流露出来的。须知，所谓"无以言喻的美艳"，其原本的含意就在这个"媚"上。有的女人喜欢在眼窝上涂抹浓重的眼影，以至于别人都看不清她的眼球。这样的浓妆是与"媚"风马牛不相及的。

"媚"的最神秘之处，就是能够用眼睛说话。而要想达到这种境界，又是万难的。当遇到四处抛媚眼的女人时，你大概就会自然联想起从事色情行业的妓女吧。因为事实证明，那些风尘女子更擅长抛媚眼。一个女人，若想真正达到"媚"的境界，可不是一朝一夕就能做到的。

在我小的时候，每到冬天，女人们出门一般都会裹着"御高祖头巾"①。年轻的女人临行前，头上严严实实地裹着头巾，一边轻声说一声"对不起"，一边用眼神轻轻地打着招呼。那种优雅的风韵，不由得令人怦然心动。唯有她们的那种神情，才配得上"媚"这个汉字。

"嫋"读"niǎo"，它在取"弱"字读音的同时，也还兼具了"弱"的意思，是用以形容女子身材婀娜的形象的。这个"嫋"所表现的女子形象，与近代以来那些健美的身形完全不同。说起弱不禁风的女子，你或许会联想起中国戏剧作品中，被浪荡公子遗弃的弱女子的形象。不过，我在这里所说的"嫋"的女子们婀娜的身姿，应该属于唐诗中所写"楚腰纤细掌中轻"那种情趣吧。这样的婀娜之美，现在也并非就完全见不到了。像那些女运动员当中，身材袅娜如杨柳的妙龄少女不也大有人在吗？我以为，所谓"嫋"，是专门为那些身材曲线优美的女子所创造的一个字。

下面我要说的这个字，也许与女人的美丽没有直接关系，那就是"妥"字。这个字的上半部是个"爪"，也许它想表达的是用指尖轻轻地爱抚女人的身体？此时，女人陶醉在被爱抚的快慰当中。就

---

① "御高祖头巾"：日本从江户时代中期到明治、大正年间，妇女们用于冬季防寒的头巾。

这样，女人放心地接受男人的爱抚，完全达到了心心相印的地步。于是，又陆续创造出了类似"妥当""妥协""妥结"这样一些词语。不过，后来的人们把这些新造的词语广泛地运用到了劳动争议、团体交涉甚至杀伐争斗等方面，不得不说就令人十分费解了。

不过，你如果以为凡是带"女"字旁的字都是表示"美好"的意思的话，就大错特错了。许多带有"女"字旁的字，以及由这些字所组成的词语，都表示卑鄙邪恶的意思，如"妄""妒""奸""嫉"等，有多少类似这样令人讨厌的文字啊！

"妄"字是由一个"亡"与一个"女"字组成的，原意是"逃亡的女人"。你想，一个女人到了逃亡的地步，还能有什么好的？那么，由这个字组成的词语又是怎样的呢？例如，"妄信""妄语""妄动""迷妄"等，虽说是男女通用的，但要是冷静地做个比较的话，你会发现，女人"妄信"的要多一些，"迷妄"的要多一些，那么，"妄动"的自然也就要多一些。

"妒"字现在已经简化成了"妒"，而原来的繁体字则是由"女"与"石"字组成的。如果把这个"石"当作"磨刀石"来理解的话，那么，我们就可以把女人吃醋的样子，与"磨刀石"磨刀视为同样的状态。有这么一句俗语，说女人的嫉妒心就像磨刀一样。怎样去理解这句话的意思？我想，每个人根据不同的亲身经历，都会做出不同且有趣的解释。但女人们是绝对不会放弃嫉妒心的，尽管这个东西会将她们的身心"磨"碎。或者说，在这个世上，还没有东西能比她们坚守嫉妒心更固执更恐怖的。

至于"嫉"，可以说是女人的一种孽病吧。俗话说："三个女人一台戏。"几个女人聚在一起，总是喜欢聊生活中丑恶的事情，其中也不乏某某男人跟某某女人私通的话题。这一点，无论是过去还是现在都没有变过。我说的这些情况，只要你读一读《妇女周刊》杂志，就一目了然了。

女人与占卜

人们嘴里说的"繁华街区",是一个很特别的名称。一般来说,说起这个词语,我们脑子里的场景,便是高楼鳞次栉比,商品琳琅满目,人流熙熙攘攘。可是,实际上并非全是这样。尤其是夜晚时分,明与暗、动与静的对照特别鲜明,光与影的微妙也绝非白天的日光可比。说起明暗交错,我便想起了一件值得说一说的事情。

在银行大楼旁边的小巷子里,或者在百货商场对面的弄堂,也可能是在街角游戏博彩房的转角处,一定会有算卦先生摆的摊位。算卦摊从大类上分,可以分为周易卜卦、看手相、看相面;从算卦的方式上分,大致有"姓名判断""墨色判断""四柱推命学"等几种;算的内容也是五花八门,从算运势、姻缘、搬家、外出,到算疾病、失物等,不一而足。总之,这种买卖所招徕的,大多是在生活中遇到了难处、迷失了方向的主。

算卦摊主的打扮也没有一定之规。白天,他们可能会打扮成账房先生的模样，到了晚上，下巴上可能会多出一撮白色的山羊胡子，在晚风中轻轻地飘荡。也许，不知什么时候，他们又可能会换上类似法官或律师那样的"制服"；也可能摇身一变，换上和尚道士的行头……以前的算卦先生都是男人，可最近，涌现出了大量的"算卦女先生"。

这些"算卦女先生"有的打扮成医院护士的模样，有的摆出一副女教师的面孔，有的干脆就是赤裸裸的咨啬至极的小市民的嘴脸……总之，虽说都是一些女人，却没有一个能让人看着顺眼的。大概是在两三年前吧，在新桥旁边的阴暗处，我见到过一个三十岁左右的易经算卦的女子。她挂在摊位上的角行灯①上没有一点累赘，只是清清爽爽地写了"梅花易②"三个字。我看她总是夜间孤零零地一个人在道边上做生意，平时穿得也很整洁，脸上的表情也生动有趣，给人一种干净利落的感觉。

我并没有看到她的摊位前面有顾客。我想，像她这种长相清纯的女子，可能不适合夜间在外面给人算卦吧。就这样大概过了半年时间，街边上就再也见不到这位"梅花易"的卜卦女人了。

当时我还向桥对面那家居酒屋的老板打听这个女人，他感叹道：

"听说她是得了一种什么病。哎，可惜了，是个聪明的女人啊。"

就是这样一些街边算卦的人，数量众多，形形色色，可总归还是有生意可做。这个世界也真是太奇妙了。那些站在算卦摊前，接

---

① 角行灯：日本用于夜间在室外照明的四角形行灯。

② 梅花易：即《梅花易数》，是中国古代占卜法之一。此书相传为宋代易学家邵雍所著，起源于汉易，是一部以易学中的数学为基础，结合易学中的"象学"进行占卜的书。相传邵雍运用时每卦必中，屡试不爽。

二连三咨询的顾客，脸上的神情都很严肃，绝没有半点开玩笑的意思。当然，他们在支付卜卦费的时候，就不再那么严肃了。有时还会说说笑笑，调侃一下自己算卦的结果。我路过那些算卦摊时，常常会看到这样的场景，也常常引起我的思考。

算卦摊上的顾客，绝大多数是女人。男人们有时会两三个人一起结伴而去，大部分是作为酒醉之后的一种即兴游戏，他们对算卦本身并不热衷。

但是，占顾客绝大多数的女人们，尤其是那些年轻女性，就丝毫没有开玩笑的心情了。每个人都像饿着肚子一样，表情严肃地倾听算卦先生的话。

"易？能算得准吗？"

作为一个大学的中国文学老师，我常常会被这样的问题问住。人们希望在这个问题上得到一个简单明了的答复。这还用说吗？算卦这个东西，你要是信的话，它就是准的。你要是不信的话，它就不准。其实并没有什么好困惑的。

简单地说，如果遇上一个学问好、世故深、能够细微体察他人心理活动的算卦先生，一般就能说个八九不离十，足以成为自己今后人生的参考。而要是遇见个"半吊子"，恐怕就很少能说出靠谱的话了。

前些时候，有个女学生对算卦很好奇，很想去试一试，但又很害羞，就一直没有去。她把这个想法告诉了我。那天薄暮时分，我正巧从学校回家，在路上遇见了她，便对她说：

"那样的话，我陪你一起去试试吧？"

在涩谷的第一银行分行旁边的弄堂里，每天晚上都有许多算卦先生在那里兜揽生意。我们来到一个摊位前面。

"这位想请你给看看运势。"

我代那位女生向算卦先生提出了需求。

"啊，是想看运势吗？那就看看婚姻的运势吧。"

说到"运势"，并不只是限定婚姻啊。可是，只要是年轻的女孩子来看运势，算卦先生一般都会先入为主，要帮你看恋爱、婚姻的运势。这似乎已经成了这帮人的常规套路了。而对于那些涉世尚浅的女学生来说，在算卦先生巧舌如簧的侃侃而谈中，必然会听到与自己恋爱经历或是心理活动相吻合的东西。因此，就会对算卦先生的判断信以为真，有的甚至佩服得五体投地。

坐在我们面前的是一位中年算卦先生。只见他十分从容地将签竹分开，开始立卦。算卦先生摆动算筹①，阴阳交互，上下舞动。从他的做派来看，我知道他所用的大概是"天风姤卦"②。

据他说，这个"姤卦"，表邂逅、不期而遇，即非预想中的突发事件。这是个状况卦，吉凶未定，会带来意外之喜，也可能带来意外之灾，应予以特别的关注，此乃该卦的关键所在。例如，交通事故属于这种类型，遭受盗窃、火灾也属于这个范畴，都属于事先无法预料的突发事件。就恋爱而言，刚开始的时候，由于男女双方彼此之间缺乏了解，也难免会发生一些意想不到的事情，所以，也被

---

① 算筹：起源于商朝的占卜用具，用来在占卜时计数和计算。多用竹子制成，也有用木头、兽骨、象牙、金属等材料制成的。古代筹、策、算三字都带"竹"头，表示用竹制成。策为束字加"竹"头，表示手握一束竖立的算策，作为占卜之用。

② "天风姤卦"：《易经》六十四卦之第四十四卦，是乾宫八卦第二位。姤卦，姤者，遇也，包括男女相遇。

列入这个卜卦的范围。

我们站在算卦先生的摊位前，默默地听他娓娓道来。应该说，他讲的这些东西基本上还是靠谱的。看来，这位算卦先生多少还是读过《易经》的。说到后来，他讲了一件令人难以置信的事情，不由得令我大吃一惊。

"从你婚姻的运势上看，你得到 26 岁之后才能结婚。26 岁之后结婚，婚姻生活就会幸福美满。如果在 26 岁之前结婚的话，就会有诸多不幸与磨难。"

听着听着，女生的神情就变得严峻起来，可爱的小脸蛋上露出了惊恐的表情。别的都没有问题，奇怪就奇怪在"26 岁"这个数字上。查遍"天风姤卦"，也没有这个数字啊。也就是说，"天风姤卦"上根本就不可能找到"26 岁之后结婚就会幸福，26 岁之前结婚就会出现不幸"这样的话。再想想这个卦的所有爻辞①，也找不到这方面的内容啊。

在这里，我并不想阐释"易"这门学说。但"易"这个字包含着"变化"的意思，所以，欧洲的学者们在翻译出版《易经》的时候，一般都会加上一个副标题——"一部变化的书"，如德国翻译家理查德·威廉②所翻译的《易经》就是这样的。所以说，当一个卦出

---

① 爻辞：说明爻义的文辞。《周易》六十四卦，每卦六爻，共三百八十四爻，加上乾、坤两卦各有一用爻，总为三百八十六爻，故有三百八十六爻辞。在《易经》中，原本是没有"阴阳"二字的。数百年后的《易传》，才把"—"叫阳爻，把"– –"叫阴爻。

② 理查德·威廉（1873—1930）：中文名卫希圣，出生于德国斯图加特，基督教同善会传教士，著名汉学家。他曾将多本中文著作译为德文，再转译为英文，流传至西方世界。他所译的《易经》至今仍被认为是西方经典版本之一。

现时，首先应该从正面去阐释它，然后再考虑这个卦的"变爻"，也就是"变化"的因素。这是算卦先生必须掌握的基本常识。

可是，这个算卦先生在女学生面前正襟危坐，毫无顾忌地大放厥词，嘴里不停地念叨着"26 岁、26 岁"。我赶紧催促女学生离开，她却为算卦先生"26 岁"的胡言乱语所迷惑，脸色一直很严肃，始终没有缓过劲来。

"真是愚蠢透顶的东西！'天风姤卦'里哪来的这些内容？'易'这门学问，是中国古人智慧的体现。要是把它运用到我们现代人的生活当中，作为日常生活中的处世格言还是可以的。"

出于安慰她的考虑，我摆出一副老师的面孔，对女学生这么说道。经我这么一说，女生好像也有些缓过劲来了。

"提防突发事件，这不光是你，也适用于所有人啊。这就是《易经》给我们的有益教诲。要警惕被那些无聊的男人纠缠上，对于女孩子来说，这样的提醒，难道不是最合适的吗？"

在我的劝解下，女学生似乎又恢复了精神。她笑言道：

"是啊，26 岁……也说得太具体了吧？好奇怪啊。"

但是，那些围集在街边算卦先生角行灯下的年轻女人们，她们当中的大部分，还不是特意出了高价钱，去听那个愚蠢的"26 岁"的预言？不过，话又说回来，要是算卦先生不那样危言耸听，而是按照卦面所示的处世格言剖析给顾客听的话，又怎么可能有如此好的买卖呢？

我怎么也想不明白的是，去算命的大多是女人，而且很多还是新时代的年轻女性。平时，她们伶牙俐齿，摆着一副理性的面孔，实际上都是假面。她们很容易为他人的言行所惑，缺乏自主判断的能力。我注意到，女学生的考试成绩普遍比男生好，那是因为她们十分信任教师的话，没有丝毫怀疑的念头。忠实地抄写，囫囵吞枣地背诵，最后认真地在试卷上作答。我这样说，绝不是说女生们有什么不对，那些懒惰的男生们真的应该羞愧死！你想，涉及恋爱、婚姻这样的人生大事，却任由女生为街边算卦先生的粗俗言语所左右，真不知道还要你们这些男生有什么用！

年轻女人喜欢算卦占卜。

可以说，这是都市热闹场所给我留下的最鲜明的印象。

女大学生

"先生，打扰了，今天有事想跟您谈。您方便吗？"

三个女生走进我的研究室，直截了当地对我说了这么一番话。她们当中有个女生曾经来过我的研究室，我们是认识的，而其他两个则从未谋面。

"最近先生在排斥女大学生方面很积极。我们想知道您到底是怎么想的？"

她们三个都是很年轻的女孩，在我眼里甚至十分可爱，没想到竟是那么伶牙俐齿、锋芒毕露、语速飞快，简直不容我有喘息的机会。三个女生来找我"谈话"，原因是我与早稻田大学的晖峻康隆君被认为是"女生亡国论"①的始作俑者，正在遭受来自各方面的

---

① 1961年秋，早稻田大学晖峻康隆教授说："如今，私立大学的文学部差不多都被女生占领了。"围绕"女生亡校论""亡国论"的说法，赞成与反对双方开了激战。

攻击，可谓焦头烂额。其实，我们绝没有反对女生进入大学读书的想法。在如今这样的新时代，女生做学问已是势在必行，我根本就没有觉得这有什么不好。可是，当时全国都在讨论这个问题，我也被邀请去广播电台做这类节目，或者参加相关的座谈会，应邀给报社、杂志撰写文章。这样一来，就自然而然地被女大学生们归到"女大学生反对论者"的行列里了。当然，我在参加广播电台节目或是座谈会的时候，都努力去辩白我真正的立场，可是，世人哪会听你的？真没想到，世上竟然还有这么麻烦的事情。

我之所以发出这样的感叹，实在是由于世事太难料。人们宁可轻描淡写地曲解你的话语，也不愿意认认真真地倾听你的本意。有些人甚至将曲解你的本意当作一种乐趣，这是一种多么有害的品德！其实就连我自己，对那些所谓"女生亡国论"的说法，也片言只语都记不得了。

遗憾的是，就有那么一些人在故意曲解我的本意。他们采用种种手段，编造各种离奇的假想，大肆歪曲我的真实意图。对于这样恶意的攻击，我真是有口难辩。

我的言论所强调的是，为什么女生全都涌向了大学的文学部？这也是我们一直解不开的疑问与困惑。本来，想考文学部的学生，不管你是热爱文学的"文学青年"，还是潜心学问的"学究青年"，在普通世人眼里，都是一些奇怪的人，或者还会被认为有些疯疯癫癫呢。不管是读文学也好，读哲学、史学也好，这种与世隔离的氛围，文学部是必须有的。我坚信，不仅是"必须有的"，而且将来还必定会形成一种浓厚的超凡脱俗的氛围。然而，可惜的是，现在这样的氛围太淡薄了。

我想，这种"超凡脱俗的氛围"淡薄的原因也不能都怪罪于女学生。社会上所发生的风潮，都会引起极大的关注，都会成为人们思考社会现实问题的导火索。必须承认，文学部的学科本身比较大众，是导致女学生大量涌入文学部的根本原因。而且，现在涌入文学部的女学生，都是高中时代学科成绩优异、活泼开朗、性情单纯而可爱的女生。

　　"我想学习法国文学。"

　　"我喜欢美学。"

　　"我还在考虑当中，不过，大多会选日本文学吧。"

　　在大学的基础课结束后，她们相互交流着自己选择专业课程的想法。看着她们若无其事的样子，仿佛是以买只手提包的轻松心情来选择自己的专业课程。

　　"你的毕业论文打算写什么？"

　　"就写巴尔扎克吧。原本是想写波德莱尔①的，可感觉太难啦。"

　　临近毕业的时候，就会听到她们之间这样的对话。这些女学生毕业之后，一般来说，要不就是在家专心致志地进行"新娘修业"②，要不就是先工作两三年，之后很快就结婚生子，成为家庭主妇。

---

① 波德莱尔（1821—1867）：法国诗人，象征派诗歌先驱，现代派之奠基者，散文诗的鼻祖。代表作包括诗集《恶之花》及散文诗集《巴黎的忧郁》。

② "新娘修业"：日本的一种培训项目。女子在结婚前要接受一定程度的培训，以便组建新的家庭后，能够胜任相应的家务，建立良好的家族关系。人们习惯将这种培训称为"新娘修业"。这种培训还会涉及新家庭有了孩子后，丈夫如何更好地分担家务，以减轻妻子的负担等这样一些内容。

"听说，M同学和T同学马上要就职了。"

"啊，那真好，真羡慕她们啊！"

大家这么寒暄一番也就完了。如此一来，文学部所必需的那种"文学"与"学问"的氛围，当然就日趋淡薄了。

有位女评论家以教训的口吻驳斥我道：

"社会上多一些高素养的母亲有什么不好？难道，读完大学的人个个都非得成为专家不成？"

我又何尝不十分赞成日本有更多高素质的母亲呢？但是，女大学生全都挤进文学部，并不是增加日本高素质母亲数量的办法啊。学习经济，学习法律，都是增加日本高素质母亲的途径吧？可是，学习这类专业的女学生却少之又少，只是一味地涌向文学部。就这一点而言，是不是可以认为，有些人只是将"学问"当作了一种装饰，而并无踏实做"学问"的想法呢？

我觉得，如果能够将女学生的人数，在文学、经济、商学、法律等专业平均分配，那该多好！这是我个人的真实想法。我将以上的看法，大致向来研究室责询我的女生们说了。

听完我的话之后，有个女生"噗嗤"一笑，道：

"先生，我就是经济专业的啊。"

金莲杂记

　　平时，我们看到女孩的脚长得大，就会说她是"傻大脚"。由此，我想起了以前中国女人缠的小脚，那倒是一个很有趣的话题。当然，随着社会的进步，现在中国女人缠小脚的风俗也被视为陋习，缠小脚的女人越来越少了。但是，这样的现象并没有完全绝迹。在北京，还是常常能看到年纪并不太大的妇女，在街上迈着细碎的步子，很别扭地赶路。

　　看着小脚女人迈着细碎的步子走路，就像腿脚麻痹了似的，完全失去了女人的魅力，真是太难受了。每每看到这样的场景，我就会感到很别扭——这哪有什么美感可言？不过，在戏剧演出时所看到的小脚走路，又另当别论。男扮女装的演员在舞台上走着碎步，从裙裾底下微微露出那么一抹红鞋尖，他们迈着楚楚莲步的模样别提有多性感了。演员在舞台上表演，是在脚上绑木质小脚来模拟缠足行走。所以，既看不出他们麻痹了双腿的感觉，也不需要像鸭子走路那样使劲扭动屁股。他们在舞台上，形象是那么光鲜亮丽，那么令观众神魂颠倒。《乌龙院》的阎惜娇、《法门寺》的孙玉娇，还有《翠屏山》的巧云，都是以小脚的美征服观众的。

　　就我们现在看来，女人小脚的"美"仅限于戏剧舞台之上；在日常生活中，小脚是很招人嫌恶的一种"丑"。然而，在中国古代，若想称得上"美人"，"小脚"是一个必不可少的条件。18世纪中国著名的戏剧家李渔，就是一个不折不扣的"恋脚狂魔"，一生写下了许多有关小脚的随笔作品，可以说写尽了中国古代妇女缠足的风景。还有一位名叫方绚的文学家，写过一篇题为《香莲品藻》①的散文，盛赞妇女的小脚，将其称为莲花的花瓣。历史上，除了把缠足称为莲瓣的，还有叫新月、和弓、竹萌、菱角的，即为"香莲五式"。

　　古代的中国人欣赏小脚并不只限于看，还有许多怪癖，美其名曰"品莲"，大致可以分为五十二种类型，其中用嘴"品"小脚的方法就包括吮、舐、啮、咬、吞、食等六种。要是完全统计起来的话，或许远不止五十二种类型呢。用嘴吸，称之为"吮"；用舌头舔，称之为"舐"；轻轻地咬，称之为"啮"；使劲咬，称之为"咬"。那么，"吞"与"食"，又是什么样的"品莲"法呢？将整只小脚完全含入口中，称之为"吞"；让女人的脚趾夹着食物，然后品尝这些食物，称之为"食"。如果女人的裹脚足够小的话，甚至可以整个含在嘴里。当然，我们不得不说，这是一种相当低级的趣味。让女人

———————

① 《香莲品藻》：清代方绚所著的妇女缠足的"百科全书"。书中说女人小脚有三贵，一曰肥，二曰软，三曰秀。说脚的美丑分九品：神品上上，妙品上中，仙品上下，珍品中上，清品中中，艳品中下……

用脚趾夹着食物，然后品尝这个食物，岂不是与猫狗的习性没有区别了？不过，这里所说的"食物"，并不是指肉和蔬菜之类，而是瓜子、葡萄干、杏仁这些茶点。无论他们用了多少心思和花样去品玩女人的"三寸金莲"，都是不值得一提的恶习。

喜爱女人的小脚，究其根源，是喜欢女人小脚穿的小鞋。历史上喜欢这种小绣鞋的故事，可谓不胜枚举。其中，与娱乐有关的"妓鞋行酒"①，说是脱下酒桌上妓女的鞋子，并以此代替酒杯来饮酒。据说，这样喝酒，酒会更有滋味。不用说，这完全是一种病态的癖好。

中国古人在玩弄女人的小脚方面，也有一套学问，内容主要有"三上""三中""三下"。所谓"三上"，就是"掌上""肩上""千秋板上"；所谓"三中"，就是"被中""灯中""雪中"；所谓"三下"，就是"帘下""屏下""篱笆下"。其中，"三中"的"被中"，就是指在就寝时观赏小脚；"灯中"，则是指在灯光的映照下看小脚；而"雪中"，大概是将小脚的脚印印在雪地上欣赏吧。每当想起这样的场景，虽然也不是一点风雅的感觉都没有，但在日本人当中，可能不会有多少人对小脚感兴趣。

---

① "妓鞋行酒"：清朝方绚在《贯月查》中所写的如何以鞋行酒的一个怪俗。行酒时，推一人为录事，叫他从陪宴妓女的脚上脱下一对小鞋，在一只小鞋内放一杯酒，另一只小鞋放在盘子里。录事拿着盘子走离酒客一尺五寸的地方，而酒客们用大拇指、食指和小指撮取莲子、红豆或榛松之类，对准盘中小鞋投五次，根据投中的次数多少来罚酒，即饮那杯置入小鞋里的酒，以此取乐。

随园女诗人

完颜麟庆①的《鸿雪因缘图记》，是他将自己生平所经历的大事一一绘成精美的画作，再配上精炼畅达的文字编集成的书。这是世上难得一见的自述体画作，无比珍贵。见亭（即完颜麟庆）的这些画作，并非他凭空想象。他曾经宦游大江南北，加以性好山水，所至之地皆不废登临，留心考察，见闻宏广，并将自己所历所闻所见一一详加记录，又请当时著名画家汪英福（春泉）、陈鉴（朗斋）、汪圻（甸卿）等人按题绘成游历图，以期使生平雪泥鸿爪之印痕借以长久保留，故而题名《鸿雪因缘图记》。例如，那幅题名为《潭柘寻秋》的画作，描写的就是华北名刹潭柘山岫云寺的秋景。画中所

---

① 完颜麟庆（1791—1846）：字伯余，号见亭。清代官员、学者。嘉庆十四年（1809）进士。道光年间官江南河道总督十年，蓄清刷黄，筑坝建闸，后以河决革职，旋再起，官四品京堂。麟庆生平涉历之事，各为记，记必有图，称《鸿雪因缘图记》。

绘沿路的那些夯土的围墙，至今还一如当年的模样。就连这么微小的细节都刻画得栩栩如生，可见当年受见亭所请的画家汪春泉，是怎样一个求实唯真的人。对于他这种敬业的精神，我们后人除了表示深深的敬佩，再无话可说。岫云寺当时的建筑物如今虽然都已经被毁坏了，但我们能够从他的画作中欣赏到昔日古刹的盛况，不能不说是件十分幸运的事情。在他的画作之中，有一幅画的是乾隆年间的诗人袁枚极尽奢华的《随园图》①。

多少年来，世人对袁枚的毁誉褒贬，众说纷纭。说好也罢，说坏也罢，都真实而鲜明地体现出了他真正的中国文人的风骨。我以为，袁枚的这种"文人风骨"独步古今，具有鲜明的个人特色。他的奢侈，他的好色，他的美食，以及他的贪婪……无论从哪个方面讲，都告诉我们，他是一个精力极其旺盛的人。不容置疑，他的许多做法都是与中国文人的传统道德背道而驰的。因此，我们才能够通过他的修为，去体味中国文人的另一个独到的侧面。即便退一步讲，我们不说中国文人，就把他看作一个普通的中国人，不是也很有特点吗？

数年前的一个秋日，我曾经得一个机会去寻访那个极尽奢华的随园——不，那个曾经极尽奢华的随园的遗址。

在南京，沿着宽阔的上海路往前走，拐进清凉山弯弯曲曲的山道，就像落入了山谷的深处，又像走进了低洼的泥塘。潺潺的细流蜿蜒伸展，芦苇的花穗随风张扬。左边有一条小河沟，河水在静静地流淌。从地形看，这条河沟一定是人工开凿的，或者就是山谷的

---

① 《随园图》：见完颜麟庆之《鸿雪因缘图记》初集，题为《随园访胜》。

一条小溪演变而成的。

　　右边的高崖之上，数幢别致的欧式别墅散布其间。在黄昏的沉沉暮霭之中，纷纷亮起了温暖的灯火。左边的那个山岭就是小仓山，是袁枚的双亲、他本人，以及他两个小妾的墓地。在小仓山脚下的河沟两边，盛开着浅紫色的野菊花。沿着登山的小路往上攀登，途中有一户农家的房舍。经过农家的房舍再往上去，便是袁家的墓地。可惜的是，墓地上树木稀少，一片寂寥。坟墓就是民间常见的那种"土馒头"，砖砌土埋，没有任何特别之处。袁家的墓地位于小仓山的腹部，站在这里，能够看到更高一些的紫金山，以及近在眼前的清凉山。山野的上空，由于夕照的反射，还能看到一些光亮，西边开满了蔷薇色的鲜花。然而，我想找的随园——小仓山房，却早已踪影全无。我刚才走上来的那条路，到山脚下就变成了"丁"字形。在那个"丁"字形的路口安放着一排木马，人们至今还称那一带为"随园坊"，可见当年随园的占地面积是多么大——包括小仓山在内，还有低洼处的随园坊，以及周边的道路，全都属于它的地盘。再就是刚才说到的右边的涓涓细流，还有两岸开满了野菊花的小河沟，大概就是当年给随园的池塘提供水源的通道罢。

　　我又一次翻阅《鸿雪因缘图记》中的《随园访胜》一章。的确，位于小仓山房中央的池塘地势是最低的，池塘的四周被竹林树木重重围住。而在北边地势略高的地方，建有一条曲折的回廊，从那里能够看到与之相连的房舍。池塘的南岸是一片山地，建有许多亭台楼阁，古树异卉映现其中。该图所描绘的北岸与南岸的山地，以及它们之间的池塘，还有那些柳树和竹林，以及竹林外面的水田，想必就是如今安放木马的地方至随园坊一带的低洼地段。作者在《鸿雪因缘图记》中写道："因山造垣，临水结屋。亭隐深谷，桥压短堤。"可以想见，见亭寻访随园时，袁枚先生早已辞世。道光年间，随园宅邸虽说逐渐开始荒芜，但还基本上保留了袁枚当年居住时的旧貌。或者说，房屋虽然多次易主，但并没有遭到多大的损坏。直到太平天国之乱，南京的所有建筑物被付之一炬，焚烧殆尽。现今要是想寻找当年的实物，可以说是一物无存。若是非要发挥想象力去牵强附会的话，那条断断续续的流水，就当它是当年随园池塘的水源吧；现在安放着木马的"丁"字路口对面的那片稀稀疏疏的竹林，就当它是从当年随园竹林的老根上发出的新芽吧。要是仔细推敲《鸿雪因缘图记》中的《随园访胜》这幅画，我以上的推断也并非无稽之谈。这幅图画的中央是池塘，那么，池塘外围自然就是茂盛的竹林。更何况，作者在图上是这样写的："万竿修竹绿如海。"毫无疑问，那里就是一片郁郁葱葱、亭亭玉立的竹林啊。更有欣赏新绿的最佳之地——绿晓阁，那是袁枚珍藏三十万册图书的书斋，还有来自八方诗友酬和的无数诗稿；置着铜炉，燃着檀香，真是一个冬暖夏凉的好去处。据记载，他书斋的窗户上镶嵌的是蓝色玻璃，营造出蔚蓝天空的绝佳氛围。庭院里，那些常常出现在他诗作中的海棠花、常青藤、牡丹花、木樨花……早已没了踪影，我们只能凭借回忆，想象当年的娴雅与美妙。

据传，中国著名古典小说《红楼梦》中的"大观园"，就是以随园为原型创作的。可见，它的华美与精巧是怎样巧夺天工。而如今，我们所能看到的，唯有那条宽阔的山路，那片荒芜的山地，还有那冰冰冷冷的"土馒头"似的坟墓。曾经豪奢富丽的宅邸之上，如今只剩下自己与爱妾的坟墓历经凄风苦雨，这大概是袁枚先生在世时做梦也未曾想到的吧。面对眼前凄凉的景象，我深深感到世事的沧桑与悲哀。乾隆六十年（1795）三月二日，袁枚先生迎来了八十寿辰。那一天，天下名士云集随园，久负"诗王"美誉的他，内心是何等的满足与得意！他所倡导的"性灵派"①诗歌运动，就像日本明治时期辉耀于诗坛的"黄金向日葵"明星运动②一样，在新浪漫主义的旗帜下，聚集了大批热爱诗歌的年轻诗人，其中还有数十名温婉馨香的女诗人。只要读一读袁枚先生为他的女弟子们编集的那部著名诗集——《随园女弟子诗选》③四卷，就能十分清楚地了解。古往今来，像他这么夸耀自己女弟子丰美的诗人，可以说是绝无仅有。从这个意义上讲，他是一个无与伦比的女权主义者。同时，他又是一个精力特别充沛的好色之徒。这二者似乎存在着很大的矛盾。因为一般来说，精力旺盛的好色之徒，往往不可能是女权主义者；只有精力不济者，转而在精神方面亲近女色，才会成为女权主义者。然而，我们随园的主人袁枚先生却是两者兼而有之，他既是一个精力旺盛的好色之徒，又是一个温情脉脉的女权主义者。让我们屈

---

① "性灵派"：是中国古代文学理论、诗歌评论中的一种艺术创作主张。性灵派主要活跃于清中叶，以乾嘉时期大诗人袁枚、赵翼、张问陶等为代表，在文学创作上主张直抒性情，反对复古摹拟风气，强调要直接抒发人的性灵，表现真实情感，在近代和现代文学史上都产生了重大影响。
② "黄金向日葵"明星运动：日本明治时期，以诗人与谢野宽为首发起的浪漫主义诗歌运动。他们主张春天观赏山茶花、杜鹃花，夏季观赏香草、向日葵，秋天观赏金黄色稻穗、枫叶等各种不同的色彩；亲近河流，眺望大海的美景。创刊诗歌杂志《明星》，涌现了北原白秋、石川啄木等优秀诗人。
③ 《随园女弟子诗选》：袁枚为他的女弟子选辑的诗集，于嘉庆元年（1796）刊行。该诗选告诉人们，随园弟子虽然身处闺阁，却兼具名士气质，在其作品中展现出不可小觑的活力和艺术生命力。

指来数一数他纳的妾吧：陶姬、方聪娘、钟姬、陆姬、吴七娘、金姬、张姬、周姬……他的小妾总计有十一人之多，而且，在他的小妾当中，陶姓与金姓小妾都不止一个。在《随园女弟子诗选》中收录了诗作的女诗人有席佩兰、孙云凤、金逸、骆绮兰、张玉珍、廖云锦、孙云鹤、陈长生、严蕊珠、钱琳、王玉如、陈淑兰、王碧珠、朱意珠、鲍之蕙、王倩、张绚霄、毕智珠、虚元素、戴兰英、屈秉筠、许德馨、归樊仪、吴琼仙、袁淑芳、王惠卿、王汪轸、鲍尊古等二十八人。另外，还有一些诗人的诗作虽然未被选入，但其也是拜在袁枚门下的女弟子，也都颇具诗名，例如方筠仪、陶庆余、张玉梧等，也有数十人之多。

我认为，袁枚是精神层面的女权主义者兼扎实肯干的好色之徒，前者是就他的那些女弟子而言，而后者，是指他妻妾成群。这看上去是矛盾的两个方面，在他自身却得到了很好的平衡，而非我们外人以为的那般混乱。就这样，他一方面将女权主义者的面目展现给世人，另一方面，又在不断收获着他作为一个精力旺盛的好色之徒的种种益处。

经考证，他的女弟子们大多是有丈夫的。我坚信，对于这样的女性，袁枚先生一定秉持着道德准则。因为他原本就既是中国式的享乐派，又是一个受人尊敬的注重伦理纲常的绅士。一次，他去苏州游玩，迷恋上了织布的姑娘。在遭到当地男人训斥时，常熟县令试图让那个男子向他赔礼道歉。而他却说："被他训斥也是事出有因，谁让我犯下了风流之罪呢。"这个故事恰巧证明了袁枚是个温和而有教养并懂得生活常识的人。所以，他不可能对女弟子们做出违背常理的事情。并且，时至今日，我们从来都没有听到过他与女弟子之间的任何绯闻。

在随园的女诗人当中，最具诗人才华的女性，在这里，我给读者推荐两个人——习佩兰和金逸。习佩兰是常熟县孙原湘的妻子。由于她的诗集《长真阁诗稿》没有收录在《随园女弟子诗选》四卷当中，所以，世上知道她诗词的人并不多。她的作品饱含着女诗人柔和温婉的笔致。例如，她的那首《声声慢·题风木图》，写得可谓是凄清婉切：

> 萧萧瑟瑟。惨惨悽悽，呜呜哽哽咽咽。一片秋阴，摇弄晚天如墨。三丝两丝细雨，更助它、白杨风急。雁过也，遍寒林、尽是断肠声息。
>
> 有客天涯孤立。回首望、高堂更无人一。寒食梨花，麦饭几曾亲社。空含两行血泪，洒枯枝、点点滴滴。待反哺，学一个、乌鸟不得。

她的诗境给人一种十分恬静的感觉。即便生活中有时会遇到痛苦，她也总是以素手操琴的恬淡心情去默然面对。与她不同的是，金逸虽说也是文笔柔和温婉，却总觉得她在骨子里暗藏着一种锋芒。金逸是苏州人氏，诗人陈竹士的妻子。她是一个薄命女子，二十五岁就与世长辞了，有《瘦吟楼诗草》一卷遗世。金逸字纤纤，我总觉得，"纤纤"这两个字，恰到好处地向人们表露了掩藏在她内心深处的那种精神的锋芒。

> 又是春一月，飞花满碧昔。

昨曾邀客赏，今已罕人来。

细雨连宵上，东风作意摧。

霜临思小饮，到此辄停杯。

　　她的诗作，比起习佩兰的作品，似乎更具有现实感，更具有烟火气息。不用说，病态不知何时已经深入了她的骨髓。

　　让我们再来看看她的另一首诗——

茫茫人事付流波，十九年来似梦过。

暖竹声喧惊洲腊，屠苏酒气泛春和。

不堪往事思量处，独对残灯涕泪多。

搔手问天天不语，缠绵心绪奈如何？

　　从金纤纤的诗中我们可以得知，她病卧在床已经很久很久。"屠苏春和"是她对美好未来的期盼，"残灯涕泪"是她对病榻苦痛的绝望，"搔手问天"是她对红颜命薄的不甘。我们从她的诗作中，总能感到一种生命稀薄的情绪。一个冬天的夜晚，她在等候丈夫回家时，写下了一首有关《红楼梦》的诗作，真实地流露了她的这种情绪。我想，在写这首诗的时候，她一定是将自己的命运与林黛玉做过反复的比较。

　　她死后，丈夫陈竹士将她手书的诗作条幅，赠送给了同是随园女弟子的骆绮兰作为纪念。大概出于这个缘故，骆绮兰作了两首悼念金纤纤的诗。这件事情流传很广，在当时几乎人尽皆知。之后，陈竹士与金逸的随园同门女诗人王倩恋爱、结婚。王倩是个诗风明快的女诗人，作品明媚而又清新。我想，她大概与陈竹士的前妻不同，是身体健康的。

　　金逸好像没有等到袁枚过八十大寿就去世了。因为在众多献祝寿诗的诗人名单中，我没有查到"金逸"这个不应遗漏的名字。

女人五题

题一：女人的魅力

美人天成，这是千古不变的道理。若是说某人可以变成美人，或者说已经变成了美人，那是化妆品广告。

但是从美学的角度来讲，贤惠与精神生活的高雅，更至关重要。这种精神方面的因素，既能衬托出一个女人的"美"，也能衡量出一个女人的"丑"。而这种类型的"美人"，虽然不是人们视觉感官上的美人，但也可以称之为"幻觉美人"。

其实，成为"幻觉美人"的要素，每个女人都具备；能否被发掘出来，那就得看她们自己聪明与否。当然，聪明的女人是不会忽视这一点的。如果能够在生活中用心发现与研究这些"要素"，再在运用中不断精炼与提高，即便不能成为名副其实的美人，至少也能给人们一种"美人"的印象吧。在这一点上，艺妓们就做得很好。

这就是说，女人的魅力，是由她们脑子聪明与否决定的。如今，"姑娘今年十六岁"之类的歌曲，不再有人唱了。作为女人，若是能够熟练掌握"幻觉美人"技巧，那就是智慧，就是掌握了生存的技能。也可以这样认为，如果一个女人的大脑、心脏、肉体还不够成熟的话，是不可能成为"幻觉美人"的。

成熟的女人最有韵味。这个看法大概也是受了欧风美雨的影响吧。从年龄上看，三十岁左右的年纪，正是展现女人魅力的时候，而且这个年纪的女人一般来说都已经结婚。这也是她们具有魅力的一个重要条件。也就是说，女人成为他人的妻子之后，反倒更有魅力了。如今，姑娘们的时代已经过去，少妇的时代来临——这在欧美各国是流行已久的风潮。

对于容貌方面的溢美之词，"幻觉美人"是不屑一顾的。而对于自己兴趣爱好方面的赞扬，即便言过其实，也会感到很受用。容貌是先天的，是父母给予的，只有兴趣爱好、审美能力才属于自己，而这些都是需要经过刻苦的学习与磨炼才能获取的无价之宝，当然是最值得珍惜的。人们若是能够认同她们的努力，也就是认同了她们的价值，以及她们所拥有的人格、感性、知性。赞美，实际上也就意味着理解。

自古以来就有这样一种说法："哪怕一起生了八个孩子，也不能轻信女人的话。"这样的说法固然很原始、很愚昧，但我觉得这并不是在说女人的坏话，只是直截了当地说出了女人复杂而又奇异的心态。自古以来，日本人就认为女人的心思是深奥莫测的。当然，这样的看法对于女人们来说确实是有些不幸、不公平的。

然而，所有的不幸、不公平都来自愚昧。我以为，容貌与服饰固然能够展现女人们的美与魅力，但若能有一个聪明的大脑，就更让人刮目相看了。

题二：难得的女人

没办法，在这个世界上，令人生厌的女人还真是种类繁多，有自作聪明的女人、利欲熏心的女人、精于算计的女人、花言巧语的女人、恬不知耻的女人，有像炮仗那样一点就炸的女人，也有自暴自弃的女人，等等。

如今，哪里还有诚实、有羞耻心、甘于献身的女人？我想，大概是找不着了吧。自然的女人——那种有女人味的、天真烂漫的女人，即使她做不好一日三餐，做不了缝纫活，也没有关系，只要她有女人味就好。菜肴、缝纫活做不好，并没有什么大惊小怪的。

女人对男人的感情大致是这样的一种模式：如果是自己喜欢的男人，什么都甘愿奉献，哪怕做出再大的牺牲也在所不惜。想坦率地去爱——哪怕不能实现爱的夙愿，至少也能赢得对方的好感与信赖。

可是，要是现在还指望女人们会这样做的话，那恐怕就是做梦了。现在的社会环境，使得女人有了更多自由接触男人的机会。在这个过程中，她们不会再像以前那样去自我牺牲了，而把更多的心思放在了解男友的细枝末节上。如果说还有什么"牺牲"的话，能够以"AA制"负担她自己的那份餐费就算仁至义尽了。现在的人们发明了快餐，使得日常生活简便了许多。但这也就如同人们发明了男女约会的"AA制"一样，虽然很时尚，也省却了许多麻烦，但同时也剥夺了人们请客的快感与被他人宴请的喜悦。

不知道追求什么的女人，才是男人们孜孜以求，甚至连做梦都想得到的女人。如果一个女人，她一辈子无所求，而将所有的心思都花在男人的身上，只想求一颗钟爱自己的男人的心，这对于一个男人来说，该是怎样的幸福与陶醉？

题三：女人的秋天

女人化妆之后，自我陶醉会达到一个至高的境界，甚至可以忘却时光的流逝。至于自己为什么化妆、为谁化妆，这样庸俗的问题，她们根本就没有放在心上。这就像一个纯粹的艺术家，即便是在创作一幅没人订货的画作，也要倾尽全力一样。赤裸双臂，面对镜子的女人们的那种认真劲，不得不令人万分敬佩。不过，女孩子们和年轻的太太们还不是特别起劲。过了四十岁的女人，才是最用心、最起劲的群体。

不用说，女人到了四十岁，可是一生中的大事情。女人的年龄就跟日本的气候一样，四季非常分明，夏天就是夏天，秋天就是秋天，做不得一点点假。女人到了四十岁，必定就是她们的"秋天"到了。那些过了"秋天"奔五十岁而去的女人，神情自然就会渐渐地变得严峻起来。她们这个阶段的心情，也是不难理解的。这时的她们，不仅容颜，身体其他部件也开始老化了。要是不精心打扮的话，心里怎么能够过得去？一定要让自己看上去显得年轻，是所有女人的本能。如果有人误将一个女人的儿子认成她的弟弟，她心里该如何窃喜？

女人的"秋天"很短暂。别人可能会将一个女人的儿子误认为是她的弟弟，化妆的神奇效果也可能会骗过世人的眼睛。但是，自己的年龄自己知道，唯有这一点骗不过去，正所谓"天知、地知、户籍簿知"。即使脸上看不到皱纹，但视力会减退，对于每天都要对着镜子仔细打量自己的本人来说，嘴上可以不说，心里也不能不承认吧。

明年，也许是后年，肌肤被化妆品涂得没了知觉，而脸上也纵横交错长满了皱纹，她们内心的恐惧不言自明：

"明年我就五十岁啦。五十岁啊，五十岁啊……"

于是，她们的脑海里开始盘旋起各种各样的念头来。有的人甚至想起了中国当年的秦始皇。

人为什么不能长生不老，永远年轻呢？

脑海里这么想着，恨不得去东海寻求仙药。这样"饥不择食"的虚幻意念，岂不是短暂"秋天"很快就要结束的证据？然而，往后就更麻烦了——"冬天"来了。这个季节可不像"秋天"那样短暂，它漫长、寒冷，似乎是人生当中一个最悲惨的季节。不过，在这个季节到来之前，人们还会心有不甘地说：

"到下一个生日为止，我还得算在四十岁这个年龄段的人呢。"

她们就是这样自我安慰。毋庸讳言，再往后，人生的"严冬"就该来啦。

题四：男女之间的关系

有这么一种女人，是天赋的禀性。当她们看到身边的男人不会照顾自己，就忍不住要去帮忙，否则心里就会感到很不舒服。这样的女人特别愿意付出，并且只有付出才能使她们感到生活充实。

那样的女人，几乎无一例外地都有被男人抛弃的经历。

她们第一次遇到这样的情况时，一般都会选择忍耐。第二次再遇到时，也许还是选择忍耐。并且，虽然知道那个男人没指望了，但还是心甘情愿地把自己赌上。即使一切都是徒劳，她们也会坚持不懈地这样做。

但是，这样的女人一旦醒悟过来，就会变成世界上最可怕、最憎恨男人的女人。她们会以自己全部的身心，变换着手段来向男人们寻仇。她们虽然也知道，遇到这种情况男人会逃避，即便如此，她们也不会放松自己追求的手段。这多么不幸，多么折磨人。

这种不幸是男女之间的关系过于复杂所导致的吧。

世人普遍认为，男人要比女人理智。其实在爱欲的世界里，男人与女人都是一本"糊涂账"——哪有什么理智可言？在人类历史上，恋爱与爱欲所导致的不幸，就总量而言，或许比战争所带来的灾祸还要多吧。毋庸置疑，这样的灾祸都是非生产性、反经济性、不合理的行为。并且，也只有在男人与女人之间，这样愚蠢的事情才会反复出现，永远不会终了。

男人的幸福也好，女人的幸福也罢，他们必须首先从生殖的桎梏中解放出来。可以说，男女之间以生殖为目的的结合，是所有灾祸的根源。随着科学技术的进步，人工生殖技术得到发展与普及的话，男女之间的关系估计就会变得很和谐，世界也就有望变得祥和而健康。

题五：女人与性别

二战后，从某种意义上讲，男女的性别被搞乱了。例如，那些留着西洋学生式样发型、穿着木工围裙般服装的女人们，来回徜徉在东京的银座街头。那些脸上涂满白粉，穿着高跟鞋的男人们，出没于上野的树林之中。当然不只是上野的树林，凡是繁华的街区，都会看见一群群的女人（许是男人）聚集在酒吧里。更有甚者，就连演出的舞台上、电视节目中，也能见到这些不伦不类的人。

以上这些人都是打着"民主主义"的旗号，虽然令人哭笑不得，但还能够忍受吧。然而更有甚者，最近人类性别的实体竟然也被轻易地颠覆了。如此这般，将来人类的生活还怎么继续下去？原本以为是男人的人，实际上却是个女人；而原本以为是女人的人，实际上却是个男人。如此混乱，社会的安宁还怎么保证？人们也许该怀疑自己的妻子是不是男人，怀疑自己的父亲会不会是个女性。如果类似这样的困惑总是袭扰老百姓的话，如果每张出生证都因遭到怀疑而需要一一鉴别的话，人们的生活将会混乱到什么程度？再如，女子体育项目的新纪录、澡堂子的看门人，凭着以往的经验是不是就能做出准确的判断呢？

"性别"这个东西，难道就这么不稳定吗？难道就这么不可靠吗？

这样的怀疑可以说是无止境的。我知道，现在的年轻人什么都怀疑。不过，要是连自己生来的性别都不相信的话，岂不是荒唐到家了？

我以为，男人就得像个男人，女人就该像个女人。这大概不只是我们一个国家的要求吧。实际上，人类是将男女分得很清楚的。

性别出现了如此暧昧的局面，难道也可以归结成一种文化现象吗？

"本以为是个女的呢，谁知道却是个男人……"

有个歌舞伎场的服务生，这样向我描述了他的奇怪经历。

歌舞伎的"女形"①演员，即使在舞台之外，也是一副女人的做派，甚至他们的穿着打扮、言谈举止，比起女人来有过之而无不及。不过，这也并不影响他们玩艺妓。这种人虽然拥有许多女性，但也只不过是生物学概念上的男人。那些看上去袅娜多姿的"女人"，竟是男人装扮的，该多令人扫兴。更荒唐的是，这帮人居然还成了现代女性的代表，令人忍不住要大喊一声：真是岂有此理！

不知为什么，现在女人的脾气会变得那么暴躁，男女之间很难和平理性地相处。无论是有教养的，还是没教养的，最终还不都是诉诸暴力——或者是语言上的暴力？如此现象，在现在人们的生活中司空见惯。人类消除战争的理想，也许有一天能够实现，但是，要想把女人身上的歇斯底里去除掉，可能是一个遥不可及的目标。

---

① "女形"：即歌舞伎当中男扮女装的演员。

才子佳人梦

　　每到夏天，我就会想起初到北京留学时的往事。

　　一天下午，好像是日本领事馆的警察石桥丑雄领着我，拜访了位于北城的醇亲王府。

　　偌大的王府后花园，呈现出一派荒芜败落的景象。杂草丛生，树木歪斜，数十栋大大小小的建筑物，屋子里都是空荡荡的，看不到一件像样的家具。

　　王府的院子里，那座修缮得堪称完美的戏台还在，但上面晾满了衣物。原来，有个叫持原的日本人住在这里，他将剧场里原本供演员休息的房间用做自己的住处。我们走进戏院时，往昔展现梅兰芳、杨小楼①、金仲仁②精湛演技的舞台上，就只能看到随风飘飘的衬衣

---

① 杨小楼（1878—1938）：京剧武生宗师。其父杨月楼、义父谭鑫培皆为名伶。
② 金仲仁（1886—1950）：名爱新觉罗·春元，著名京剧表演艺术家，京剧小生。

和裤衩了。持原是负责照顾日本留学生生活的，好像同时还兼着醇亲王府管理员的工作。他在战争结束后不久受到了审判，坐了大牢。我第一次去醇亲王府，就被王府大院那颓废的风光吸引住了。暗自想道：要是能够住在这样的地方，岂不就实现了明清小说中所描写的"才子"的美梦？

荒草离离的窗前，鸟儿在婉转歌唱。我打开书卷，却突然听到身后传来窸窸窣窣的响动声。抬头一看，在那微弱的夕照里，一位美妙佳人正笑盈盈地凝视着我。未及开言，我的心已经开始狂跳起来。从此，我们便朝夕相伴，亲密无间……仅是想象中国古典小说中那些温馨的场面，就有一种难以言喻的温暖与快意涌上心头。

王府后院的池塘，还有与之相连的什刹后海那宽阔的水面上，都被田田荷叶覆盖得严严实实。微风吹来，绿波荡漾，恰似一片绿色的海洋。正如中国古代诗人所赞美的那样：荷花清香十里芳。此情此景，真是令人流连忘返。

"怎么样，可以把回廊尽头的那间房借给我住吗？"

我试探着向持原提出了这个要求。

我向他借的那间房，说是在"回廊尽头"，实际上就是回廊沿着假山攀到高处，那里盖着的一栋二层小楼。站在楼上俯瞰院墙内外，四周风光尽收眼底。

"可以啊。别说一间房，就是整栋楼都借给您住也没有问题啊。不过，房子常年没人收拾，屋子里连电灯都没有。这些就全得由您自己来张罗了。"

持原二话不说，痛快地应承了我的请求。我心想，雇个人帮忙打扫一下卫生不是很简单的事情嘛。不过，我知道，要是找装修公司粉刷墙壁、裱糊棚顶，还是需要花一笔钱的。但北京的物价很低，完全不能与日本相比，这对于我来说，也算不了是什么大的负担吧。

当时，我就与持原敲定了这件事，并且委托他帮助找人收拾、装修房子。建筑工人的效率很高，只用了两三天的时间，就把房子收拾得焕然一新。

就在搬家的前一天，我按照事先谈好的价钱，带上现金去了持原的住处——舞台后面的演员休息室。只见他光着膀子，盘腿坐着，笑眯眯地对我说道：

"哦，您明天就搬过来啦？整个王府，就数您住的那个地方的风景最美啦。不过，我还是要先给您讲清楚。我听说，以前那栋二层小楼里曾经有妖精出入。不过，中国的妖精差不多都是美人，做个恋爱的对象挺合适的。对您这样的留学生来说，就更加好玩啦。"

听他这么一说，就连平时总是做着"才子佳人梦"的我，也不免心里有些慌了——这不纯粹是自讨苦吃？从自己有限的留学经费中给王府出了一笔装修费、清扫费、点灯架设费，现在却要与妖精做伴……

友情与爱情

　　历来交际理论中，男女交际向来都是最令人注目的话题。也正因此，自古以来，论及男女交际的著作很多，各执一词，争论不休。

　　男女交际理论与同性之间的交际理论不同，实际上，与"恋爱论"也就隔着一层窗户纸罢。可以说，在所有交际理论中，男女交际理论是最难解的课题。

　　从交际的角度看，无论是同性还是异性之间，应该没有什么分别，性质都是一样的。男女之间的交际完全符合一般"交际论"的规则。这是我在这里必须阐明的看法。

　　要是换个说法的话，男女之间，也完全能够与同性之间一样，产生美好的友情。与法国著名箴言作家拉罗什富科公爵①齐名的法

---

① 拉罗什富科公爵（1613—1680）：即弗朗索瓦·德·拉罗什富科，法国箴言作家。1665 年出版《箴言集》。

国哲学家拉布吕耶尔①先生就曾经这样说过："异性之间也是可以存在友情的，就是那种不带丝毫男女情欲的友情。"但是，拉罗什富科公爵接着拉布吕耶尔先生的话说道："不过，在男女交往中，倘若一个男人把女人完全当作女人来对待的话，那么，他们之间的关系就既不是爱情，也不是友情了，而演变成了另外的一种东西。"

这就是说，男女之间的友情是存在的，而纯粹友情之外的其他东西也是可能产生的。虽说男女之间的纯粹友情很珍贵、很难得，但并不就意味着完全没有，只是比较罕见而已。

从年轻时起一直到晚年都能保持美好友情的男女的例子，我可以举出许多来佐证以上两位的论断。这是我自己亲眼所见，并无丝毫虚妄的成分。

我的例子里有一个嫁为人妻的女士，有歌妓，有画家。除了那个已为人妻者外，其他两个都是单身。不过，两个男人都有过婚史。他们三个从年轻时期就是亲密交往的朋友，并且，一直将这种相互间的友情保持了许多年，最终也没有发展成其他关系。由此可见，男女之间亲密的朋友关系，也是可以始终保持纯洁，不掺杂其他成分的。虽说这样的例子不多见，但总归还是有的。

同时，拉罗什富科公爵还说过："男女之间极端的恋爱事件是常见的，可长期的纯粹友情却是难得的。"确实言之有理。世上的男欢女爱不胜其数，而男女之间纯粹的友情却十分稀有。但稀有归稀有，我们总是忽略这样的稀有也是不对的。我们可以通过这些稀有的例

---

① 拉布吕耶尔（1645—1696）：法国哲学家、作家，以描写 17 世纪法国宫廷人士、深刻洞察人生的著作《品格论》而知名。

子，来验证有关"交际论"的争论当中最核心的"男女交际"的某些
具有实质性的问题，从而在交际理论方面有新的发现。

撇开"性"这个因素，设若男女之间还有纯粹的友情的话，那
么，这种友情的实质就完全和男人与男人、女人与女人之间的友情
一样。但是，男女之间这种纯粹友情的表达方式，应该与同性之间
有所不同吧。假如是男人之间的话，更多的是在一起喝酒，彻夜长
谈，可是男人与女人之间，也许未必就是这样了。他们之间的相处
模式各种各样，绝不只是精神上的抚慰。男女之间纯粹的友情，在
精神方面一定是超越男女性别的。

我认为，男女之间纯粹友情的存在，是我们生存的社会环境，
以及人们在感情、理智等方面都趋向成熟的标志。换句话说，就是
人类的文明程度有了极大改善的结果。如果一提起男人和女人，脑
子里的第一反应就是"性"，就是奸情的话，你能说那是具备了文明
意识？

男女同校的革新，也可以说是出于这样一种观念。处在青春期
的男女学生同在一个教室里上课，同在一个校园里玩耍，在校外相
互之间的接触机会也会大幅度增加，认为这样十分危险的人，较之
以前虽说少了许多，但还有不少人心怀疑虑，忧心忡忡。

大学里的男生与女生，能够像同性的同学那样，把友情保持得
很久的例子极其罕见。许多人在读书的时候，相互间关系很好，是
无话不谈的朋友。但毕业之后，就职，结婚，随着生活环境的变化，
往年的友情也就逐渐淡薄。久而久之，相互之间就连信息也懒得通
了。这样的现实，就理想而言，不能不说是一件遗憾的事情。可是，
现实就是这样的，又有谁能够改变呢？不过，也有个别人会超越这

样的社会现实，无论生活环境怎样变化，他们始终维持着当初的友谊，历久弥新。

环境发生变化，致使友情受到阻碍，这在同性之间也并不少见，这样的情况发生在异性之间更是自然而然。而无论生活环境怎样变化，能够始终维持着当初友谊的男女十分罕见，所以更值得我们尊敬与爱惜。我认为，如果能够超越一切障碍，始终保持友情常青的，可以称得上是交际方面的典范了。

男女之间的友情逐步发展，最终演变成爱情的例子，可谓不胜枚举。但是，这种现象的存在，也并不妨碍我们讨论"男女交际论"这样的课题吧。

异性之间，由最初的友情逐渐演变成爱情，其实是一种必然趋势，是最自然不过的一种现象。从广义上讲，"恋爱论"也是"交际论"中的应有之义。只是由于这种被称为"恋爱"的东西包含了各种各样错综复杂的内容，所以，人们就习惯性地将它从广义的"交际论"中分离了出去，使得"恋爱论"另立了门户。

阿贝尔·波纳尔①在他的《友情论》一书中，写下了大量有关于爱情与友情的警句，其中有一句关于友情和爱情的描述是："人类之所以总是会梦到恋爱而梦不到友情，那是因为做梦的是人类的肉体而不是精神。"

男女结婚，就意味着肉体的结合。所以，在从恋爱到结婚的过程中，总是在梦中见到肉体，原本也是很自然的事情。若是这段姻

---

① 阿贝尔·波纳尔（1883—1968）：法国诗人、小说家和政治家。1924年，纪行文学作品《在中国》荣获法国科学院文学大奖。1928年，《友情论》在东方闻名遐迩。

缘是由最初的友情发展而来，那么，也可以说是完成了从"无梦"到"美梦"的过程吧。当然，恋爱未必全是由友情发展而来的，但由友情演变成的恋爱，是灵与肉的融合，那种刻骨铭心的感受，大概不是人人都能体味得到的。

"人的灵魂烈焰，唯有在'恋爱'中方能感知。而它的高贵，却会在'友情'中得到体现。"这也是波纳尔留给人们的箴言警句。

在这个世上，有一种情形叫"一见钟情"。也就是第一次见面就喜欢上了，就做出了恋爱的决定。而且，这样的情况还不在少数。当然，那种"一见钟情"的恋爱，也未必就一定是失败的。因为，"恋爱"在它自身的发展过程中，总是能够创造出人们预想不到的奇迹。司汤达[①]在《十九世纪的爱情》一书中，将爱情称为"结晶"，分为"激情之爱""虚荣之爱""肉体之爱"与"趣味之爱"，揭示了爱情自身成长的奥秘。但是，当友情的那种淡然的高贵性，逐渐被烈焰般的恋爱替代之后，它似乎就不再像当初那么珍贵了。

我认为，由友情演变而成的爱情，较之于由"一见钟情"的爱情，基础更稳固。比如有的人因为"一见钟情"，很快就向恋爱的方向发展，最终走完了爱情的漫漫旅程。在这个过程中，他们彼此之间当然建立起了相互信任的关系。这样的过程与结局，应该说，与那些由友情演变而成的爱情相比，没有丝毫的缺陷或瑕疵。只要恋爱成功，两者之间完全一样，并没有什么优劣可分。当然，我们这

---

① 司汤达：即马利·亨利·贝尔（1783—1842），司汤达是其笔名，19世纪的法国作家。他被认为是最重要和最早的现实主义的实践者。其著名作品有《红与黑》和《帕尔马修道院》。

里列举的是那种"一见钟情"之后侥幸恋爱成功的例子。但是，如果遇到当事人将"一见钟情"误解为真正的恋爱的话，又会出现什么样的情况呢？而且，在我们的生活中，这样的情况并不罕见。由此可见，还是从友情发展而成的爱情更加牢靠一些。

说到这里，我想再引用一句波纳尔的话，作为这个话题的结尾。波纳尔特别强调，当男女之间还处于友情阶段时，都会将谦逊和控制作为彼此相处的一个重要原则。他说：

"当人们还处于友情阶段的时候，彼此之间是特别注意克制自己情绪的。就这一点而言，甚至比恋人们之间的那种害羞还具有魅力。正由于这个原因，即便恋人们之间的害羞会有消失的时候，但朋友之间的克制是绝不会消失的。"

仔细观察那些由恋爱而结婚的夫妻，他们是否真如波纳尔所言那样，当初的羞耻心已经消失了？我想，对于这样的问题，我们无须多问，自是心知肚明。但是，朋友之间的相处，要是忘记了谦逊与克制的话，友情便也就随之烟消云散。平时能够用谦逊与克制的态度相处的朋友，他们之间的友情是美好的，并且会越来越好。这大概也正是波纳尔警言的最大亮点吧。

世间为数众多的"一见钟情"的朋友们，当有了"一见钟情"的对象时，请千万不要忙着直接去恋爱。我以为，还是要将这个"一见钟情"的对象变成朋友，先发展彼此的友情。假如这个友情能够经受得住风雨，最终演变成了爱情的话，那么，你们的幸福岂不是更加甜蜜，更加令人倾慕？

关于"理想女性"

那天，我在银座的书店里买了本书。我手里拿着书，正在大街上逛悠呢，突然发现自己的烟抽完了，就拐进路边的一家烟草店，买了盒烟。出了烟店的门，我又迈着大步一直向前走。走着走着，似乎感到背后有个声音在招呼我。

我急忙回过头来，发现原来是刚才我买烟的烟草店的女店员跟在身后。看得出来，她是一路追着我过来的，这会儿正喘着粗气呢。

她一边递给我一样东西，一边气喘吁吁地说：

"您把东西忘记在我们店里啦。"

我接过她手里的东西——原来是我在银座买的书，刚才买烟时忘记在烟店里了。

"谢谢你了。"我连忙表示谢意。再一打量面前的店员——还是个挺俊的姑娘呢。

在这样的场合，即便对方不漂亮，就冲着人家追了你这么远的路，特意把失物归还给你，也该对人家表示感谢吧，更何况还是个美人。女孩子把书递给我，马上就如释重负地沿着原路往回走。尽管我不是"女权主义者"，但也能够感觉到这个姑娘心底的善良。我想，遇上这样的情况，任何一个当事人都会有同样感激的心情吧。那天我一直在大街上溜达，置身于繁杂的人群中，却始终觉得自己的身旁萦绕着一种淡淡的芳香。

我知道，这"淡淡的芳香"是那个姑娘留下的，是她给我留下的美好的印象。但若是有人问我：既然如此，那你能把这个姑娘记在心里一辈子吗？我还真一时难以回答。因为仅凭这样一件小事，怎么能够确定自己对一个人一辈子的感情呢？相互之间的交往还没有到那个份上。能够让我在一天当中感到芳香四溢、心情愉悦，就已经足够啦。所以说，类似这样的情况，自然不能算作是自己"理想的女性"。

"理想的女性"要是能够这么轻而易举地得到，恐怕也就不能称之为"理想的女性"了吧？当然，我们也不应该将世上所有的女人都看作"反理想"的存在。若是抱定这样的想法，岂不等于让自己陷入了不可自拔的恐慌之中？所以，退一步想，只要稍微好一点的就可以了。或者再提高一点标准，那就是能令自己满意的就成。大概只有这样的要求，才最接近当今的实情吧。

我之所以这么说，是因为在我们现实的生活中，"理想的女性"根本就找不到。若是究其根源，那是因为在这个世界上，对何为"理想的女性"，众说纷纭，莫衷一是，根本就没有一个固定的标准。简而言之，如果分别对二十岁、三十岁、四十岁等不同年龄段的男人提出同样的问题："你们认为什么样的女人最理想？"不同年龄段的人，甚至每个人的答案都会不一样。这里既有不同年龄段的男人因人生经历不同而产生的差异，也有三四十岁的男人与二十多岁的男人因兴趣爱好不同出现的差别。这些差异和差别，具体内容极其纷繁复杂。所以，二十多岁的男人认为的"理想的女性"，到了他们三四十岁的时候，会不会发生什么变化，会不会还觉得"理想"呢？大概就要打个问号了。可以这样说，在人生的不同阶段，男人们的想法不变化是偶然的，而变化才是必然的。既然标准都摇摆不定，还去奢谈什么"理想"呢？当然，我以为，不必追究"理想"的实现与否，重要的是能够找到自己喜欢的人。

世上好像总有许多女人被骗。不，不是"好像"，我们每天都会从报纸上看到数量众多的被骗女人的悲惨遭遇。为甜言蜜语所诱惑，最终不得不出卖自己，渐渐陷入堕落的泥坑而不能自拔……大概就是那些被骗女性们大同小异的悲惨经历。我还注意到，报刊的《生活顾问》栏目，常常会接到女人们的咨询信件。她们说自己事先不知道对方已经结婚，现在陷入了"三角关系"，该怎样处理才好？从这些情况来看，世上被骗的女人还真不在少数呢。

容易上当受骗的女性，首先让人想到的，就是她们在智力方面存在的缺陷。这样的人，无论从哪一点上来讲，都不能说是"理想"的。不可否认，这是一个根本性的问题，绝没有通融的余地。

与那些常常被骗的女性相反，还有一些女性绝对不会被骗，或者说，她们很难被骗。我认为，世上的绝大多数女性都应该归入这个行列。最好的榜样就是老婆。老婆在发现丈夫撒谎方面，简直就比猎犬追寻鸟兽巢穴的嗅觉还要灵敏、神速。不单是老婆，世上的大部分女性都具备这种能力。如此，她们怎么可能被男人骗呢？那些在商店里购物的女性，那些乘坐电车的女性，那些带着孩子在街上溜达的女性，应该说大多属于这种类型。她们具备了生活的基本常识，有着最简单的趣味与爱好，也就是说，都是一些平凡的女性，要想骗她们大概没那么容易。如果说那些特别容易被骗的女性属于"下根"①的话，那这类女性就属于"中根"②，比前者稍微强一些。不过，无论是"下根"，还是"中根"，都没有本质的差别。我接着想说的是那些骗人的女性，她们为什么能够屡屡得手呢？她们大概就属于"上根"③了。

说起欺骗男人屡屡得逞的女人，有人或许会说，那是她们身上有"魔性"吧。魔性不魔性的，我没有研究过。但是，假设一个女人手段很高明，能把男人骗得团团转，而且一直到最后也不穿帮，还要"魔性"做什么？重要的是看那个女人是不是能够把男人骗得心悦诚服。如果真有这样的女人，岂不也快接近"理想的女性"了？若是在骗与被骗的过程中被对方发觉了，那就算不上成功。比如，一个女人即使在外面有了其他男人，也不让自己的男人知道，而且还要让他坚信，她只爱他一个人，那岂不是也很美？这种人也属于近乎"魔性"的女人。我要是坚持推荐这种类型的女人为"理想的女性"的话，必定会遭到众人的唾骂，那我就收回刚才的话吧。既然不便推荐"魔性型"的女人，那我就举荐"贤惠型"的女人吧。不过，我觉得，贤惠归贤惠，作为女人，还是得有一点骗男人的功

---

① "下根"：佛教用语。"根"就是根本的意思，"下根"指天生智力和能力差。
② "中根"：佛教用语。指能力平平，略胜于"下根"。
③ "上根"：佛教用语。指具有很好的天分，素质和能力强。

夫才行。

我想说的是，在现实生活中，男人很天真，有时候甚至比女人更贤惠。他们的这种"天真"和"贤惠"，主要体现在不断追求梦想上。所以，女人必须学会培养男人的梦想。所谓"培养男人的梦想"，说到底，也不外乎就是一个字——骗。不！这个"骗"字说穿了，就是要不断地给男人提供梦想的温床吧。

在中国古代，从《太平广记》到《聊斋志异》，写有许多狐妻狐媚的故事，也就是狐仙变化成妖媚的美女，诱惑、欺骗男人的故事。与这样的妖精打交道，迟早都会丧命的。开始时，狐仙出于本能，用花言巧语来勾引男人。但在交往的过程中，狐仙渐渐发现自己与对方产生了感情。于是，她不忍心看着男人就这么失去生命，就将自己是狐仙化身的实情一五一十地说给男人听，并表示，再这样下去的话，你就会送命。男人听了狐仙的告白后，必定会与她海誓山盟：你是狐仙也罢，我丢掉性命也罢，我是永远也不会抛弃你的。而且，面对眼前美貌如花的女人，男人还会哀求她千万不要现出原形……乍一听，他似乎是在装疯卖傻、胡言乱语。但我们从他可怜兮兮的话语中，不难感觉出他是个对爱情矢志不渝的男人。也就是说，不管遭遇什么样的不测，他都愿意被骗到底，或者说要把自己的美梦做到底。倘若美女突然现出了狐仙的原形，那么，梦就消失了，这比女人是狐仙更可怕。

《聊斋志异》这本书一共写了七十三个狐仙故事，而《太平广记》还要多一些，有八十三个。当然，这些故事的情节与结局有很大差异，但男人们被狐仙所骗、所困，最后不能自拔的宗旨并没有变化。从广义上讲，这是人类的欲望，尤其是男人对女人的欲望，借助狐仙这种古老的民间传说来表现的一种形式。

中国唐代的杜子美是个不近女色的诗人。他善饮，并且动辄就在诗作中喜形于色地描绘饮酒的场面，对女人却从来不提。可与他同时代的李白，却是个既喜欢酒也喜欢女人的诗人。李白缺不得酒，这一点毫无疑问。那么，他对女人又是什么态度呢？我们假设杜子美谈女人，很可能就像他的诗风一样，也是采取白描手法，展现女人肉体的丰艳。而在李白的诗作当中，美酒与女人一般都同时登场，他笔下的女人，如袅袅飘散的云烟，总是那么缥缈不定。这种描写可能只是他情绪的一种宣泄。换句话说，他的"理想女性"都是一些幻影般的存在吧。即便在他们之间没有任何真实的故事发生，可诗人还是乐此不疲地沉迷于那些个"幻影"般女人的甜美梦乡里。但丁与李白在对女人表述的方法上有着很大的差别。李白笔下的女人就像是幽灵，缥缈虚幻，香雾弥漫；而但丁笔下的比阿特丽斯[①]，则是个被他神化了的真实女人。尽管我们无法将但丁与李白做简单的类比，但就他们在诗作中着意升华女人的形象这一点而言，却是完全一致的。

在这个世界上，类似狐仙这样需要男人们去捕获的女人很多。可是，怎样才能将"狐仙"们的能量发挥好？这与男人们的智慧和才能有关，确实是一件很难的事情。前面我说到了被骗的女人、不被骗的女人和骗人的女人这三种类型，那些被骗的也好，不被骗的也罢，骗人的"狐仙"也罢，能吸引到哪一种，就看男人们的本事

[①]　比阿特丽斯：意大利语，源自法国的人名，意思是"能够使人幸福的人"。该名字由于但丁关于佛罗伦萨妇女比阿特丽斯·波蒂纳里的诗歌而广为流传。

了。要是没有本事的话，除了收手，也别无选择。要是有本事的话，幸福的日子就会延绵不断。

那天，在银座那个追上我的烟草店的女售货员，看上去就是个很漂亮的姑娘。我想，如果能够把这样的女子捕获，再像狐仙一样宠爱的话，一定会成为此生幸福的源泉。然而，不幸的是，我没有这样的本事。

当代女大学生气质

　　约稿的时候，杂志的编辑跟我说，他喜欢"女大学生"这个称谓，希望我在文章里也这么写。我也没觉得有什么不妥，便应承了下来。平时，无论是在公立还是私立大学，不也都称"女学生"吗？

　　实际上，我觉得怎么称呼并不重要，重要的是杂志的编辑对"女大学生"这个称呼感兴趣。而他的这种"感兴趣"，想必总是有原因的（虽然他给我交代的时候并没有说，但我猜测不会没有原因吧）。人们在用"女××"这样的称呼时，一般都有特定含意。例如，某项事情过去一直都是男人们做的，可现在出现了例外，女人也参与进来了，便称"女××"。而这个"例外"又似乎透着某种可爱之处。从古时候的"女剑舞师""女相扑师""女义太夫①"，到现代的

---

①　女义太夫：义太夫也称义太夫节，是日本江户时代前期大坂的竹本义太夫创始的净琉璃之一种，是日本重要的文化遗产。女义太夫，即由女子扮演戏剧人物。

"女棒球队员"这些新的名词，其实质都一样。

现在的"大学生"与"女大学生"，所指的大概也就是以前那种"本尊"与"例外"的关系吧。当然，从制度上讲，并没有这样的区分。对学生冠之以"女学生"的称呼，只不过是为了区分性别，并不意味着学校会对她们另眼相看。无论男女学生，在学校里，除了卫生间有区分以外，听课、考试之类全都一视同仁，享受同等的待遇。不过，在人数上，还是男生占大多数，女生的数量无法与之相比。从发展的趋势上看，女生的数量在不断增加，尤其是各个大学的英国文学专业和日本文学专业，女生的数量每年都有大幅度的增长，可谓百花争艳、满目芬芳，说不准哪一天男女生的比例就一样了，或者，男生数量上的绝对优势就此被打破。尽管如此，在那位喜欢"女大学生"称谓的杂志编辑眼里，女大学生们那种"例外"与"可爱"的特质，也许永远都不会褪色。无论是国家的制度，还是学校的待遇，以及人数的比例，"女大学生"这个群体已经成了一股不可阻挡的潮流。但是，人们也会发现，事实上她们在许多方面与男生是有差异的。

假如问起进入大学学习的女生："你为什么会选择这所学校？"（其实这并不是假设。我在对入学考试合格者面试时，就多次提出过这样的问题。）学生们的回答一般都是这样的：有的说，这所学校是我父兄的母校；有的说，我的表哥在这所学校就读，根据他介绍的情况，我很满意；还有的会说，这所学校与其他学校相比，具有某某特色，正是我喜欢的……答案虽然各种各样，但归纳起来也不外乎就是这些吧。但是，偶尔也会遇到一些女生，她们的回答却出乎意料。她们说："因为今后女生也需要像男生一样，接受专业的文化教育啊。"我问的是"你为什么要选择这个大学"，而她的回答却是"为什么要进入大学读书"。在面试男生时，我就从来没有遇到过这种情况。这些学生好不容易闯过了笔试关，进入了第二轮的面试，但在面试时竟出现如此文不对题的错误。每当遇到这种情况，我就会将同样的问题再重复一遍。当然，我在再次提问时，也许用词会有些变化，可意思与前面完全一致。于是，她们的脸上会马上露出惊讶的表情，一番沉吟，大概都能给出一个满意的答案。这种类型的女生，即便平时怎么能说会道，可一到面试的场合就十分紧张，束手无策。或者说，这是女大学生弱点的自我暴露吧。但我认为这并不是什么值得指责的缺点，说她们表现了自己天真烂漫的稚气，似乎更为合适。她们这种奇妙的思维方式，既不能说是智力低下，更不能认为是精神分裂症。硬要深究的话，岂不显得太不厚道了？所以，面对这些天真无邪的女生，只要其他方面说得过去，我都是放她们过关的。当然，只要她们入了学，就是当之无愧的"女大学生"了。正如世上有女棒球队员存在一样，这样的"女大学生"为什么就不能有呢？从言辞上看，我这么说，似乎会给人留下轻视女性的把柄，但我丝毫没有看不起她们的意思。

在数量众多的女大学生当中，的确也有不少能够与男生比肩且毫不逊色的。从总体上来说，大学在校期间，女生相比男生更热心公益，课堂笔记认真，出勤率高，考试成绩也更好。而有些男生，在校期间学习成绩很一般甚至不好，行为表现也无可圈点，可等他们毕业之后，经过五年十年的磨炼，再见面时，总能干出些名堂，说不定已经是个成功人士了。这也算是我们这些当教师的心里的一种安慰吧。那是因为，男生们进入社会后，无论在什么样的环境中，都必须拼命工作，并且还要经历各种各样的磨炼。俗话说"百炼成钢"，这也是男生们的必经之路。而女生的情况就不同了，命运给她们安排的是另外一条道。毕业后，她们也可能会工作两三年，但绝大多数都得结婚生子，做妻子，做母亲。这样一来，相比男生就失去了很多锻炼机会。的确，在现实生活中，有那么一些"女强人"，她们热衷于各种社会活动，为全日本女性谋取权益，就像男人们那样奋力打拼，很令人感动。但是，假如女大学生们离开学校之后都那样的话，那岂不成了我们国家最大的不幸了？她们青春洋溢，本该享受春天般的快乐时光。由少部分社会型、斗争型、独身型的女性作代表，活跃在社会各界，争取和维护女性的权益就足够了。

所幸的是，现在大学里的大部分女生，正是我所认为的"女大学生"。若是以为她们是学习英国文学专业的，英语就一定很好的话，若是以为她们虽然读不了中国古典文学，但日本文学研究一定有些造诣的话，那就只能说是我们学者的迂腐与天真了。

同时，我觉得，在这么多"女大学生"中，出现那么一两个个例，也不是什么值得大惊小怪的事情。这就像"女义太夫"中出了个丰竹吕升①一样，不是也挺好吗？从现在日本各个大学的情况来看，"女大学生"中还真有可能出现一些"小吕升"呢。这样的现象，对于我这样的"戏迷"来说，岂不正中下怀？我爷爷活着的时候，特别喜爱看"义太夫"的演出。以前东京有个"有乐座"②，他

① 丰竹吕升（1874—1930）：本名永田中，日本戏剧舞台上著名的女义太夫师。明治至大正年间，她在扮演女义太夫上取得了登峰造极的成就。
② "有乐座"：日本东京地区的演艺剧场。建立之初是演戏的剧场，自1951年起，变为电影专门剧场。

老人家经常领我去看演出。那时我还是个小孩子，根本就分辨不出演技的好坏，但吕升是个美人，这一点却是永生难忘的。

美人当然深受观众的欢迎。后来，我听到许多人说，吕升不仅是个美人，净琉璃的演技也首屈一指，是许多男演员所望尘莫及的。可以说，她在容貌和演技方面都堪称完美。当然，这样的完美很难得。"女大学生"也是女人，要是也能出那么一两个可以与吕升匹敌的著名演员，那该多好啊。有能耐的女人总是会给人带来意外惊喜。"女大学生"要是学问出众，又有能耐，如果再是个美人的话，那岂不是天下无敌了？要是我的班上也有这样的女生的话，哪怕只是想象一下，也觉得心旷神怡。

一个女生，即便她再怎么漂亮，要是学习成绩很差，性情又特别懒惰的话，出于教师的职业本能，我也不会因为她长得漂亮就放任不管。不仅如此，还可能因为她的美丽，倍加憎恨她的惰性。

我曾经以访问学者的身份，在北京的辅仁大学工作过。记得在我任教期间，日本语言与文学专业有个名叫阿苏的女生。阿苏体态轻盈，脸蛋俊俏，肤色白皙，目光清澈，是个标准的东方美女，人们暗地里都称她为"校花"。她嫩葱一般的手指上，戴着一只闪耀着青光的翡翠戒指。

我很快就发现，阿苏虽说从来不缺课，但她是个很懒惰的人。当时，我在学校教授两门课，一门是特殊研究讲义，另一门是专题研究课程。在专题研究课上，我选用的是武者小路实笃[①]的作品。

---

① 小路实笃（1885—1976）：日本小说家、诗人、剧作家，爱自称"武者"。"白桦派"的代表作家之一。

武者小路的文章语句朴实，深受中国学生的喜爱，所以我才选了他的作品作为专题研究课程的教材。课上，学生一般都是按照顺序轮流朗读教材，可每次轮到阿苏，她都以"没有准备好"为由逃避朗读。头一两次我就睁一只眼闭一只眼过去了。"不患寡而患不均"，是中国人的一个通病。阿苏的这种做法，很快就引起了她同班级男女学生的不满。还有人在背地里议论，说我被阿苏的漂亮迷住了心窍，特意关照她。听了这些闲言碎语，我心里很憋气。终于有一天，我忍无可忍，当堂批评了她。我告诉她，不读书是不行的，要是遇到不懂的词语我可以教你。总之，我不能再让她蒙混过关而引起众怒了。武者小路的作品在日语文章中算是浅显易懂的，在朗读的过程中，遇到个别冷僻的单词，如果有人帮忙的话，即使事先没有准备也不至于过不了关。然而，她就那么僵持着，死活都不肯读。课堂上的学生开始起哄，大声叫喊着让她读。即便如此，阿苏还是纹丝不动。这时，在我的眼里，她的美貌一下子就变成了丑陋。不用说，美貌的女大学生堪比"天仙"，令人赏心悦目。然而，在教师看来，美貌并不能说明什么，只有学习认真的女生才是最可爱的。

我在考虑怎样纠正阿苏的学习态度，觉得还是应该从读武者小路的作品这件事情入手。我告诉她要树立信心，先试着读，再逐步增加内容。可是，她还是没答应我。事情弄到这个份上，我也就赌上了气，坚持要她按课堂要求做。说着说着，她干脆就趴在课桌上，再不与我交流了。我吃了一惊，不知道发生了什么。再看看其他学生，都在笑着说："气死了！""气死了！"要在日本的话，肯定是遇到很不好的事情的时候才这么说啊。以前，我也只是在看戏的时候见过这种场面，亲身经历这种尴尬场景还是第一次呢。所以，我也很紧张，一时竟不知如何是好。后来，我把这件事情说给一位中国教授听。他向我解释道：在遇到困窘的情况时，女生们一般都会用"气死了"这个词语来搪塞。他反问我道：在这种情况下，日本的女生不说"气死了"吗？真是不幸中之大幸，我至今还没有听到过日本女生说"气死了"的。据说，蜘蛛在遇到危险时会装死。我认为那不是"装死"，可能也是"气死"吧。赫德森①在他的著作《拉普拉塔②的博物学家》③中曾经说过，以"假死"的形式来保护自身的安全，是动物的一种本能。如此说来，这个"气死了"，原来还带着动物的本能呢。

俗话说，"女人的眼泪是无敌的杀手"。可以说，这是女人们比"气死了"更管用的一个绝招吧。在这方面，我也是有过亲身体验的。那是今年春上，毕业典礼那天，我任教的那个专业的学生一起合影留念。其中有个女生，她既会开车，又会游泳，交际很广，是个很活跃的女孩。那天，她一会儿被这个叫过来，一会儿又被那个叫过去，特别忙，就是来不了我们合影的地方。有个男生看不下去了，就跑到大门口去找她，两人因此发生了争执。我不知道怎么回事，心里着急，就跑到大门口去找他们。只见那个男生脸色苍白，显然正在生气，而站在旁边的那个女生更是火冒三丈。她看见我过

---

① 赫德森：即威廉·亨利·赫德森（1841—1922），出生于阿根廷布宜诺斯艾利斯附近的基尔梅斯，于1874年在英国定居，作家、自然主义者、鸟类学家。

② 拉普拉塔：位于阿根廷东部大西洋沿岸，是布宜诺斯艾利斯省的首府。

③ 《拉普拉塔的博物学家》：记录了威廉·亨利·赫德森对自然的观察，包括昆虫、鸟类等形形色色的生物。作者优美的文笔和对自然深挚的感情使得这本介绍自然的书知识性强却并不枯燥，极具可读性。

来了，竟忍不住"哇——"的一声，放声大哭起来。你想，这是在学校大门口，又是毕业典礼的日子，出出进进那么多人，她对着我号啕大哭，怎么看也不像是惜别的场面吧，真是让我左右为难。不过，我难不难堪倒没什么，她那"哇——"的一声流下的眼泪，恰如一盆水，马上就浇灭了他们争执的火焰，我们的毕业纪念照片也顺利地照好了。我深深地感到，事态要是再严重一些的话，也许就该到"气死了"的地步了吧？

　　有的人在评价"女大学生"的时候很不友好，说她们是来大学里"招女婿"的。这是胡说。大学同学之间，基本上都是在学习和生活的过程中结成的情侣关系。从年龄上看，有些是同岁，有的相差那么两三岁。可以肯定地说，绝没有抱着找丈夫的目的来上大学的女生。不过，要是班上有了自己中意的男同学，看这个男生时的眼神就会不一样，要是用个时髦的词语的话，就是"风情万种"吧，这倒也是不可否认的事实。所以说，若是有想娶女同学为妻的男生，你们可得注意辨别女生们眼神里送来的"秋波"啊。

　　"女大学生"这个新生群体，是从两三年前才开始出现的。而真正意义上的新制大学的女学生，则是从今年开始的——今年有很多从新制高中毕业考进大学的女生。这样一来，用不了多久，就会出现"女修士①""女博士"。那么，什么时候才能将这个特指的"女"字去掉呢？如果名实相符，就一律称呼"修士""博士"多好，还要特意加个"女"字做什么呢？

　　另外，还有一类是函授教育的女大学生。她们已经参加了工作，

---

① 修士：日本对博士前期课程的研究生的称呼。

同时还在大学里学习，比如小学的女教师、公司的女打字员等女性。从某种意义上讲，她们当"函授生"比当"走读生"具有更大的优势。不过，也不尽然，在那些参加函授的女大学生中，也有许多是没有正式工作的普通女孩。要是问她们为什么不当"走读生"，她们大多数人的回答竟像事先商量好了的一样：父母亲不允许上男女同校的大学。我要是反问：函授学习集中授课，你们还不是男女同校吗？她们就会边笑着，边支支吾吾地回答道：是啊，可是……似乎并不知其所以然。就是这样的一件小事，也能在社会上引起混乱，你说这是不是很有意思？

欲望与女人

好奇心

我想说的第一点是"好奇心"。男人追求女人，女人追求男人，同样都是"好奇心"作祟吧。

所谓"好奇心"，就是男人想探究女人（或者女人想探究男人）到底是啥样子。其实，这是符合自然科学基本原理的。因为人都有秘密，而且，每个人的秘密又都不一样，这些秘密就成了人们"好奇心"关注的对象。

男人对所有女人（或是女人对所有男人）都有"好奇心"吗？其实不然。就说收藏吧。小说之类的书籍数量多得很，价格也便宜，也就没有什么收藏价值了。那么，名画为什么会引起人们收藏的欲望呢？还不是物以稀为贵？例如，保罗·塞尚①已经不在人世，他的画价值连城。巴勃罗·毕加索虽然还在人世，但他的画作十分珍贵，也不是谁都能弄到的。

当然，这种收藏名画的行为，像是好奇心，但又不完全是好奇心。这些人并非对所有名画都感兴趣，而是只喜欢自己认为有价值的作品。而男人对于女人（或者女人对于男人）的好奇心，在于"新鲜"与"未知"这两点。因为"新鲜"，所以"未知"。而这个"未知"又是最有吸引力的，也就成了勾起他（她）好奇心的缘由。

其实，这件事情是与人的快感体验相关的。所谓"快感体验"，就是人们（动物也是如此）追求快感的过程。而"快感"这个东西，一旦适应与习惯，也就意味着失去了。我想，关于这个问题，要是让泡女人的老手来描述的话，效果可能会更好。

那么，"习惯"是什么呢？大概就是一种审美疲劳吧。男人对女人（或者女人对男人）一旦"习惯"了，就不会再有审美的兴奋，也就不会再产生喜悦之情，甚至还会厌恶与厌倦。

这也可以称之为"矫饰主义②"吧。

关于这个问题，从女人的心理、肉体等方面，也许可以做出各种各样的分析。不过有一点我们是不能忽视的，那就是回忆，即某个男人对某个女人（或者某个女人对某个男人）的回忆。这种回忆

---

① 保罗·塞尚（1839—1906）：法国艺术家和后印象派画家。他在19世纪末的印象派和20世纪初的新艺术探求主义立体派之间架起了桥梁。他使用彩色平面和小的笔触，构建了复杂的领域。马蒂斯和毕加索等人把塞尚称为"现代绘画之父"。
② 矫饰主义：16世纪出现在欧洲的一种艺术风格。最早源于瓦萨里的著作《艺苑名人传》。

的美好与陶醉，起着决定性的作用。可以说，这与快感的持续有着密切的关系。

我认为，快感体验是世上所有生物的心理和生理现象，这一点不容置疑。但是，关于这个课题的研究还做得很不够。

孤独与爱情

接着我们来说说"孤独"。从心理上讲，女人喜欢掩饰自己，一般情况下不会承认自己的孤独。而男人不是，对于他们来说，孤独形影相随，会陪伴终身。可是，"孤独"到底是什么？被女人甩了就是孤独吗？应该不是。那充其量只是一时的不快，或者悲伤吧。但那能算得上是因悲伤产生的孤独吗？如果这样认为的话，那只能说男人们对"孤独"的理解就一直存在着误区。

你可能会说，因为独处很孤独，所以就更想把女人弄到手，好消除自己的孤独啊。不幸的是，这样的想法也是错误的。不，或者说是对女人最大的误解吧。

其实，人活在世上，很难做到不孤独。更多的时候，孤独这个东西并不是自己能够左右的。"她"是活着的人，有时还能见到。"她"的存在具有非凡的意义，是与自己的妻子完全不一样的感觉。这样的想法或许并没错，可问题是，世上有那样的女人吗？我想，大概没有吧。所以，男人也就只好孤独着。如果弄懂这一点，这个男人的"女人学问"就算是领到了毕业证书。

那么，在"孤独与爱情"这个话题中，为什么扮演"抚慰孤独"角色的必须是女人呢？历史上有些名人似乎也认为这个角色应该由

157

女人来担当。我想，这个女人还必须是活在世上的，已经死了的不行，还没有出生的也不行。再就是，当男人欲望来了的时候（这个"欲望"是常常会出现的），这个女人还必须马上出现。

说到这里，一定有人问为什么。我在上面设定的那些附加条件，是想说明，委女人以"抚慰孤独"的重任，实际上也是不可能的事情。我们去哪里能够找到符合所有这些条件的女人？所以说，孤独就是伴随男人的一个影子，并不是什么人能够"抚慰"得了的。假如有人要说女人可以承当"抚慰孤独"的角色，那就只能说明他有关女人的知识太浅薄了。而我正是这样的一个男人。

拥有七个老婆的男人

有关女人，最后我想说一说已经去世了的女人这个话题。曾经有个男人问耶稣：

"我前面的几个老婆相继去世了，现在打算娶第七个老婆。听说有个叫'天国'的地方，假如我有幸去了那里，有件心事放心不下，要请教您。在我的七个老婆当中，虔诚的人很多，她们也能去'天国'吧？那么，我在'天国'就必须同时与七个老婆一起生活了？听说，在中国或者日本，一个男人娶七个老婆是常有的事。可是，正室太太与姨太太在地位上是不同的。我是不是也必须把最初的那个老婆立为正室呢？"

他的这个问题是不是让耶稣也感到很为难？不过，听耶稣回答这样的问题，实际上也可以帮助我们加深对"天国"的认识。让我们来听听耶稣是怎么回答这个问题的：

"'天国'没有男人，也没有女人，就更没有丈夫与妻子了。所以，你不必担心。"

　　那个男人是虔诚的罗马天主教徒，坚信人的肉体是能够复活的。他从教义的图册上看，孩子们长着翅膀，有手有腿，而画上的大人只有长着羽毛的脖子。画册上的这些内容，总不会与耶稣的回答一点关系都没有吧？既然"天国"没有丈夫、没有妻子这些角色，那么，人们在世间所经历过的一切就都不算数了？这不就是说，"天国"里的人们相互之间没有关系？如果是那样的话，是不是还可以开始新的恋爱，而不用像人世间这样必须结婚呢？

　　看来，在"天国"里生活，似乎不用像世间这样拥有各种各样的物品。那大概是因为"天国"里的人们不再需要延续生命所需的食物和水吧。我不知道那里是不是也有酒。要是有的话，想必也是大伙一起喝着玩的，并不需要从酒中摄取什么能量。

　　说到底，我们现在在这个世界上，是以劳动来维持生命延续的，而在"天国"并不需要劳动。对于这样的现象，也许有人会觉得不公平。但是，用物理学的观点来解释，太阳是这个世界上所有能源的源泉。首先植物摄取了太阳的能量，接着，牛马等动物以这些植物为食物，生产出肉食，然后，它们的肉又转化成了人类以及食肉动物的能量……世间的能量不就是按照这样的规律在转换吗？如果能够直接吸取太阳的能量，不就用不着食物与水了吗？我想，"天国"的能量供给大概就是采取这种形式吧。

　　既然作为维持生命所必需的能量都可以采取这样的供给方式，那么，生殖还用得着借助人类的身体吗？太阳的能量不就直接能够制造出人了吗？这样一来，生殖这件事就用不着男人和女人了。既然如此，男人和女人也就没有存在的必要了。正如耶稣所言，"天国"没有男人和女人，所以，那个娶过七个老婆的男子，就不必担心死后升入"天国"，再遭到生前七个老婆的纠缠了。说来幸运，我们活着的人只需要操心一下人世间的女人就可以了，不过，就算这样也够头疼的了。

说到这里，我仿佛听到那个问耶稣话的男子嘟囔了一句："好啦，好啦！这下就放心了。"

"始"——初恋的甜蜜滋味

自古以来，在中国南部，就有许多民众居住在船上、水上，因此，流传下来许多与船、与水上生活相关的恋情故事。

有个名叫阿慕的年轻人，父亲是行商，常年乘船往来于各地做生意，阿慕随船给父亲打下手。有一次，他们驾着商船来到了遥远的湖北武昌。阿慕与父亲不同，并不热衷于做买卖，而是喜欢读书吟诗。

一天傍晚，阿慕独自一人待在船上，感到有些无聊，便放声吟诵诗词。此时，恰巧有个漂亮的姑娘路过，被他的吟咏声吸引，便驻足聆听。然而，等到阿慕察觉时，那个姑娘早已没了踪影。

阿慕家的商船在武昌停留了两三天，便又继续往北航行。那天，他们的船行驶到了一个湖边。父亲在这里有生意要做，便上岸去了，船上就留下阿慕一人照看。这时，有个老婆婆来到岸边，对阿慕说道：

"我姓白。我的女儿叫白秋练。那天，她在武昌的江边听到公子吟诵诗词，回家后就得了相思病，茶不思，饭不想，现在已经起不来床了。我好不容易找到你，请公子娶了我女儿，也好救她一命。"

听完老婆婆的话，阿慕十分为难。这些年，他一直跟着父亲学做生意，还没想过结婚成家这件事呢，而且估计父亲也不会同意。老婆婆离开不一会儿，父亲就回来了。阿慕心里惶恐，断断续续地向父亲说了今天遇到的事情。没想到，父亲一反既往的严肃，自始至终都是笑着在听他讲述。

当天夜里，湖水位突然下降，船被搁浅在了湖底的礁石上。阿慕的父亲开心地说道：

"嗯，这下好了，湖水浅了，别的货船来不了啦。我们这船货的价钱就能翻倍了。"

阿慕毕竟是阿慕，对赚钱的事情并不感兴趣。不过，他心里也很高兴：船停在这里不走了，也许还有机会见到那姑娘呢。别说，阿慕还真的梦想成真了。薄暮时分，老婆婆果真带着女儿来了。老婆婆让女儿睡在阿慕的床上，就悄悄地离开了。

阿慕看着姑娘憔悴的面容，不由得心生悲切。姑娘那憔悴的样子，比起健康的时候，似乎反而显得更加楚楚动人。此时的阿慕，抑制不住内心的冲动，真想一把将姑娘搂进怀里。可是，古人云：发乎于情，止乎于礼。阿慕没敢造次，只是轻轻地吻了吻姑娘的嘴唇。感受到阿慕亲吻的热度，姑娘双眼立刻溢满了光彩。她合上眼帘，深深地与阿慕亲吻起来。

"只要你为我吟三遍王建的《罗衣叶叶》诗，我的病就会好的。"

那日傍晚，在武昌的江边上，白秋练曾听过阿慕咏唐代诗人王建的诗《罗衣叶叶》，渐渐成了自己的一怀心思。这份心思封存在心底，最终化作相思病。

阿慕吟诵第一遍，姑娘身上感到有了力气；第二遍，姑娘变得满面红光。

> 罗衣叶叶绣重重，
>
> 金凤银鹅各一丛。
>
> 每遍舞时分两向，
>
> 太平万岁字当中。

当阿慕咏到第三遍时，姑娘果真完全恢复了健康，面色娇艳，妩媚动人。

面对如此娇艳温存的女子，阿慕心潮激荡，忍不住吹熄蜡烛，紧挨着姑娘躺了下来。湖面上月色溶溶，湖水粼粼的波光悄然透进船窗，恰似湖上升腾的薄雾，朦朦胧胧地映衬着白秋练袅娜的躯体，瞬间引燃了阿慕体内的烈焰。阿慕沉醉在姑娘幽幽的体香里，早已不能自拔。

他们二人每天都这样过着如胶似漆、甜美如饴的生活。一天夜里，白秋练对阿慕道：

"今天我占了一卦。卦词上说，我们很快就要分开了。那就让我们道别吧。再见！"

白秋练说完这句话，转眼间就消失得无影无踪。

端午节后，突降大雨，湖水猛涨，湖上终于又能行船了，阿慕父子也回到了久别的家乡。但是，阿慕却一病不起，任凭怎样请医问药也无济于事。病入膏肓之际，阿慕流着眼泪对父亲说道：

"我想见见秋练……"

这回父亲没有固执己见，而是往船上装了货，带着阿慕去了上次搁浅的湖上。

父亲恳求白秋练一定要见见自己的儿子。可这回老婆婆却是另一种态度，她说：

"你儿子和我女儿没有正式订婚，怎么可以随便相见？"然而，到了夜里，白秋练独自一人悄悄地溜进了阿慕的房间。

"这回该我来给你治病了。我来给你读刘方平[①]的《春怨》吧。"

说完，秋练便吟诵起刘方平的诗作《春怨》来：

> 纱窗日落渐黄昏，
> 金屋无人见泪痕。
> 寂寞空庭春欲晚，
> 梨花满地不开门。

说来也怪，随着白秋练的吟诵，阿慕的精神很快就好转了。两个年轻人恰如烈焰干柴，紧紧地拥抱在了一起。

---

① 刘方平：唐代诗人。河南洛阳人，匈奴族。天宝前期曾应进士试，又欲从军，均未如意，从此隐居颍水、汝河之滨，终生未仕。工诗，善画山水。其诗多咏物写景之作，尤擅绝句；亦多写闺情、乡思，善于寓情于景，意蕴无穷。

按理说，事情到了这一步，谈婚论嫁就是顺理成章的事情了。可是，阿慕的父亲却从中作梗。他听说从小生活在水上的白秋练，与那些同样在水上谋生的男人们之间，有些不明不白的传言。

　　得知这个情况，阿慕十分烦闷。可白秋练闻知此事后，只是淡然一笑，道：

　　"我自有办法。你父亲是个商人，万事以赚钱为重。那我就让你的父亲赚钱吧。你知道吗？我懂赚钱之道。"

　　原来如此。父亲对生财之道十分迷恋。他投了少量本钱，按照白秋练说的去进货，果然每笔生意都能赚不少钱。看来，这还真是扭转父亲思想的一个好方法。

　　父亲也觉得像白秋练这样的财神爷般的女子很难得。很快，父亲带着阿慕又一次来到湖边上，与老婆婆商谈起儿女的婚事。可是，白秋练的老母亲道：

　　"说不行的是你，说行的也是你。像你这样没个准头怎么行？"

　　任凭阿慕的父亲怎么说，老婆婆就是不答应。后来，阿慕和父亲经过多方努力，好不容易才使她松了口。

　　事不宜迟，阿慕的父亲趁热打铁，赶紧给两个年轻人完了婚。结婚前，白秋练提出个要求，希望身边不能断了自己曾经生活过的湖里的湖水。阿慕答应了她的要求，每次父亲做生意的船经过那里，就会满满装回几大瓮子的湖水保存着，以备白秋练随时取用。

　　采用白秋练的方法，几年时间里，阿慕的父亲做生意赚得盆满钵满，成了远近闻名的富贵人家。而且，阿慕与年轻美貌的媳妇和和美美，过着令人羡慕的生活。

就这样过了两三年，白秋练给阿慕生了个儿子。她想念母亲，也想让老人家看看外孙，便思量着回老家一趟。这是十分简单也是理所当然的事情。阿慕夫妇二人和儿子，加上父亲驾着商船，不几天就到了白秋练老家的湖上。可是，怎么找也不见老婆婆的那条船。白秋练每天都像疯了似的跑进跑出，寻找母亲。可是，谁也说不清楚老人家的去向。

有一天，阿慕徘徊在湖岸上，看到前面不远处的柳树下聚集了一堆人。阿慕朝人群中看了一眼，原来有个渔夫钓上了一条大鲤鱼。再仔细一看，他发现那不是条普通的鲤鱼，鱼通体雪白，有着女性的身体特征。

"这哪是鲤鱼？这不是一条人鱼么！"围观的人群中发出一阵惊呼声。

回到船上，阿慕将在岸上看到的情况告诉了白秋练。白秋练说：

"我正打算放生呢。你就把那条人鱼买来，让我放生吧。"

阿慕再一次去了岸边的柳树下，跟渔夫说了自己的想法。没想到渔夫开了一个天价。阿慕怏怏不乐地回到船上，向白秋练说明了情况。白秋练听完阿慕的话，流着眼泪悲伤地说道：

"没想到你是这样的人。价钱贵你就不买啦？这几年，我帮你家赚了多少钱？连这点钱都舍不得为我花，也太绝情了吧！要是这样的话，我还不如死了的好。"阿慕听她这么说，连忙又赶到湖边，买了那条人鱼放进了湖里。

阿慕回到家，却不见了妻子。当天夜里，白秋练很晚才回家。

"我刚才是去母亲那里了。这么久了，我一直没有告诉你事情的真相。我母亲原本是侍候洞庭湖主的一个仙子。前些时候，龙王要召我进龙宫做妃子。我母亲说，我的女儿白秋练现在正为人妻呢，拒绝了龙王的要求。龙王盛怒之下，就把我的母亲变成了白鲤鱼精。我们一定要祈求龙王解除对母亲的惩罚。明天你会遇到一个跛脚的道士，你就央求那个道士在这块鱼腹绫①上写一个'兔'字。"说完，白秋练递给阿慕一块鱼腹绫。

第二天，阿慕果然在湖边上遇见了一个道士。阿慕赶紧把那块绫罗递给他，如此这般地把白秋练教给他的话跟道士说了一遍。道士摸了摸手里的那块布，道：

"这哪儿是布，分明是白鲤鱼的鳍啊。"然后，就在上面写了个"兔"字，交还给了阿慕。道士随手将拐杖丢进湖里，拐杖马上就变成了一只小船。等到道士坐进船舱，小船贴着水面飞驰而去，眨眼间就消失在了远方。

阿慕一家又回到了自己的家乡。过了几天，父亲照例外出做生意去了。可是，这次很奇怪，父亲迟迟不回来。而家里装在瓮子里的湖水，眼看就要见底了。

白秋练感觉呼吸困难，开始剧烈地喘起气来。

"我不行了，快要死了。但你不用担心。只要你每天给我念诗，等到父亲回来后，你就把湖水倒进水盆里。再把我的身体浸泡在里面，我就能活过来了。"

说完这些话，白秋练便气绝身亡了。

阿慕谨守妻子的遗言，并且按照她的吩咐去做，白秋练果真又复活了。自那之后，一家人依旧平安地生活着。

---

① 鱼腹绫：即绫罗的一种。

说起水上生活的传奇故事，我不由得想起了唐代诗人崔颢的《长干曲》二首：

　　君家何处住？
　　妾住在横塘。
　　停船暂借问，
　　或恐是同乡。

　　家临九江水，
　　来去九江侧。
　　同是长干人，
　　自小不相识。

少年阿慕与白秋练，可谓机缘巧合，相识相思相恋。他们似乎并没有一般情人之间的那些喁喁情话，更多的是肉体的交流。也许，这正是水上人家那种漂泊生涯的真实写照。

汉字"始"字，是由"女"字旁和"台"字组成的。在日语当中，这个"台"，既做"始"字的读音，又象征着种子出芽的状态，引申为女人对初恋的刻骨铭心的感觉。还有一种说法，认为"台"带有"开心"的意思，大概是说青年男女相爱之初的感受吧。因为"始"也有第一次的意思啊。说到底，"始"字就是指男女之间初次产生的爱情，刻骨铭心，终生难忘。

"妥"——感官体验的一种象征

这里要说的是嘉靖年间的事。荆州有个名叫阙里侯[①]的财主。阙家虽说家财万贯，但他本人长相丑陋，在当地是个出名的丑男，并且还是个傻里吧唧的人。

阙家在阙里侯很小时候就与邹家定了娃娃亲。邹家的女儿是百里挑一的美人。虽说是娃娃亲，可邹家父母看着这么个不般配的女婿，打心眼里就不愿结这门亲事。但那是个重信守诺的时代，在阙里侯过了冠礼[②]之后，邹家就忍痛将女儿嫁了过去。

婚礼举行得很顺利，阙里侯终于能够与朝思暮想的新娘同床共枕，心里别提有多高兴了。可新娘子的心情完全不同。她是第一次

---

① 阙里侯：明末清初文学家、戏剧家、戏剧理论家、美学家李渔根据小说《连城璧》第五回改编的传奇故事《奈何天》中的主人公。

② 冠礼：又称元服，是古代中国、朝鲜、越南及日本的传统成年礼，于男子20岁时举行，与之相对应的女子成年礼被称为笄礼，一般在女子15岁时举行。

见到自己的男人，没想到对方的长相竟是如此丑陋，揪心得喘不过气来。但阙里侯哪管这些，迫不及待地解开新娘的嫁衣。邹姑娘桃红粉面，阙公子哪里还装得了斯文，像个饿狼似的猛扑了上去……新娘虽然也知道这是嫁为人妻的必由之路，但就是忍受不了他的粗鲁和狐臭。

邹家小姐成为新娘后，每天以泪洗面，被迫与里侯同床共枕，实在忍无可忍。她整天出神地看着阙家偌大的府邸，终于想出了一个办法。一天，她对里侯道：

"我一直在家修行，是拜观音菩萨的，想祈求菩萨保佑我们来世的幸福。以后，你哪怕与别的女人在一起，我也不会说什么。"

于是，她就搬到别的屋子里另外居住了，并且把窗户和大门都上了锁，断绝了与阙里侯的一切往来，生活用度均由女佣侍候。阙里侯去找邹家小姐，可每次都碰钉子。这样一来，就惹得他发起了牛脾气，心想：世上难道就你这么一个女人吗？有钱能使鬼推磨，就我这么个财主，还怕找不着女人？于是，他就请了媒婆，又与何家十六岁的姑娘定了亲。何家姑娘的父亲犯了案子，需要花大把的钞票打点。所以，这门亲事进展得很顺利。

阙里侯深知自己长得丑陋，相亲时就找了个帅气的朋友做替身。这样一来，相亲也就顺利过了关。

何家姑娘一点也不比邹家女儿差，也是个美人。尖尖的手指就像嫩葱一般柔软，杨柳似的细腰恰如带露的花枝般柔美。望着这样美丽的新娘，阙里侯心花怒放，高高兴兴地入了洞房。可是，何家姑娘一看丈夫原来是这么丑陋的男人，就知道他在相亲的时候做了手脚，一时竟惊呆了，不知说什么好。她望着近在咫尺的丑男，嗅着他身上恶心的狐臭味，忍不住"哇——"的一声吐了出来。阙里侯怒气冲天，斥退了女佣，拉起平时滴酒不沾的何姑娘，硬逼着她喝下"交杯酒"。何姑娘顿时烂醉如泥。这下阙里侯省事了，三下两下就扒光了新娘的衣裳……

何家姑娘好不容易把自己不幸的初夜熬到了天亮。她坐在梳妆台前，一边重新梳理云鬓，一边问丫鬟道：

"我听说，在我之前家里还有一位夫人。不知现在怎么样……"

"啊，是的。那位夫人单独住在佛堂里呢。一天到晚吃斋念经，很少出门的。"

"是吗？那样的话，我去拜见拜见她吧。"

何家小姐在丫鬟的陪同下去了大夫人居住的佛堂。结果，她也与最初嫁到阙家的那位邹家小姐一样，死活都不肯离开佛堂了。

阙里侯听下人一说，立刻傻了眼，连忙跑到佛堂前，苦苦哀求起来。看到他这副样子，何家小姐气不打一处来，高声回应道：

"我一个天仙般的姑娘，把身子给了你这么个跟怪物差不多的男人，一次就够了。从今往后，就别再想好事了。"

从此以后，邹氏与何氏都住在佛堂里，而且相处得非常和睦，二人不是姊妹却胜似姊妹。任凭阙里侯怎么哀求，怎么叫喊，她们都不肯离开佛堂半步。

不久，阙里侯又请媒婆给自己物色新的相亲对象。这回他学乖了，告诉媒婆别找太漂亮的，找个姿色相貌一般的就可以了。

听完阙里侯的话，媒婆开心地一拍巴掌，道：

"真巧啦，袁进士正打算休两个小妾呢。虽说不是头婚，可也都是贤惠之人，正是老爷您需要的啊。"

阙里侯听了媒婆的话，心里虽然有些不快，可也没有办法，事到如今只好认命。他就从袁进士的两个小妾中挑了个周氏，决定迎娶。

袁进士的这两个小妾，一个姓周，一个姓吴。实际上并不是袁进士不要她们，而是袁太太嫉妒心太强，这次是趁着袁进士去外地做官的机会，与媒婆串通，打算卖掉那两个小妾。另一个姓吴的小妾也在媒婆的斡旋下，决定嫁给金满家的举人。

阙里侯完成了所有的手续，聘金也已付清，就等着迎娶周氏过门了。可是，没想到的是，周氏一见阙里侯的面，就被他那奇丑无比的长相吓着了，死活也不肯成亲。袁太太心想，这不麻烦了吗？自己已经收了人家的钱，事情要是黄了，还得退钱啊。于是，她就想方设法，威逼周氏就范。

而那边本来说好要迎娶吴氏的金满家的举人，也谈崩了，要求袁家返还聘金。

袁太太闻听此言，不由得大吃一惊，连忙打听缘由。原来，袁进士是与金满家举人的父亲同年及第的进士。这样一来，从名义上讲，袁进士与金满家的举人就是叔侄辈分，吴氏在名义上也就成了金满家举人的婶娘。世上哪有侄儿迎娶婶娘的道理？袁太太无话可说，只得忍痛退回了聘金，把吴氏暂且留在府中。

再说那位周氏，虽然吃不住袁太太的吓唬，勉强同意嫁给阙里侯，但心里还是一万个不情愿，只要想起里侯的丑恶长相，就悲从中来。精神上痛苦不堪，最终竟悬梁自尽了。

这一来，袁太太乱了方寸。她不知道一旦丈夫归来，自己干的这些坏事败露了该怎么办？就又把媒婆找来讨主意。媒婆说："袁进士回来后，你就说周氏在他外出期间得病死了。原先应承阙里侯的周氏虽然不在了，可吴氏不是被金满家退亲了吗，就用她来顶替，岂不是两全其美？"瞧，这是多么恶毒的主意！袁太太决定依计而行。

再说那个吴氏，自从被金满家的举人退了亲，一直把自己关在屋里饮泣不止。听袁太太花言巧语一番话，以为自己时来运转，便兴冲冲地答应嫁给阙里侯。可是，等到了阙家，看见新郎是这么个丑男，与袁太太说的完全判若两人。她感觉自己被骗了，但为时已晚。

于是，吴氏心生一计。她把自己如何被骗，阙里侯又是怎么被蒙在鼓里的来龙去脉，一一挑明。并且，提醒里侯说：周氏自缢身亡，袁进士回来后必然要怪罪于你。我被金满家退亲之后，也曾想跟周氏那样一死了之，可媒婆劝我说，阙里侯家是个财主，你要是死在他家的话，袁进士回来也好为你做主，讨回公道。所以，我就这么嫁到你家来了。说完这些话，吴氏就解下裤带，假装要上吊的样子。阙里侯吓了一跳，连忙救下吴氏。可是，想到以后还有那么多麻烦事等着自己，就整日里坐卧不安。阙里侯是个脑子不好使的人，实在想不出什么好办法，于是他向吴氏讨教。吴氏告诉他，在袁进士回来之前，另外找个地方先将自己藏起来。这样的话，袁进士回来之后，你就可以证明自己从来没有碰过我啊。阙里侯听完吴氏的话，觉得这个主意不错，便将吴氏也送进了邹氏与何氏居住的佛堂。这样，佛堂里就住了三位年轻的女性。她们三人虽同病相怜，却情投意合，在佛像面前誓愿，结拜成了姊妹。

不久，袁进士得到朝廷重用，要转任新的官职。他趁着这个机会回家省亲。阙里侯就带着吴氏来到袁家，面见袁进士，说明一切。吴氏在袁老爷的面前，一边痛哭，一边把太太是怎么逼迫她嫁人，自己是怎么去的里侯家，里侯是怎么绅士，把自己放在佛堂里生活，至今都没有碰过自己的情况，一一禀明袁老爷。可是，袁进士怎么也不信她的辩解……就在僵持不下的时候，袁进士平静地对阙里侯道：

"首先，不用说，嫉妒心重的女人是最坏的。周氏的死也是她的命吧。吴氏去你家，虽说是媒婆的混账主意，可也说明你们两个前世有缘。你还是把她领回家吧。"

袁进士刚说完，阙里侯就连忙推辞。他告诉袁进士，自己长相丑陋，遭受女人的嫌弃。

袁进士听完里侯的话，转身对吴氏说道：

"俗话说，红颜命薄。自古以来，美人与这样的男人相结合，也是命运使然。你还是顺从命运的安排吧。"

吴氏听从了袁进士的训谕，就乖乖地跟着阙里侯回了家。

当天夜里，阙里侯终于得到了吴氏。不过，他心底总是担忧这个尤物不知何时也会逃离自己。没想到，一天，吴氏对他说道：

"哎，今后还希望你能与大夫人和二夫人好好相处啊。我一个人哪受得了你身上的气味？要是能够三个人分担就好了。"

"那该怎么办呢？"

"我已经跟她们说好了。你就准备三间屋子，每间屋子里放两张床。一共准备六张床就可以了。我想，这样我们姊妹三个也好忍受一些。"

其实，这么长时间以来，邹氏也好，何氏也罢，也都过够了青灯古佛的日子。听说吴氏与里侯鱼水交欢，十分圆满，便也有些跃跃欲试。所以，吴氏不费吹灰之力，便说服了她们两个。从那之后，每个夜晚，阙里侯就在三间屋子之间辗转，娇声莺语不绝于耳。

事情到了这一步，可谓皆大欢喜。一般来说，有女人在身边的日子，是很容易产生风波的。可阙里侯有三个女人，却能风平浪静。有女人在身边而不起风波，若用一个字来形容这种状态，这个字就是"妥"。

"妥"是由"爪"与"女"组成的一个会意字。这个字的意思就是把女人拉过来，用自己的指甲替她挠痒痒。引申义就是通过爱抚，让女人的身心得到享受和休息。可见，这是一个感官特别强烈的文字。阙里侯的故事，似乎讲的就是这个汉字——"妥"吧。

"姿"——女人对美的渴求

如今，社会上流传着一个热门话题，说是有人娶了个貌若天仙的老婆，心里却惦记着其貌不扬的丑八怪。对于这样的传闻，许多人都觉得不可思议。说实在的，这并不值得大惊小怪。因为漂亮的女人自以为有了漂亮的资本，在家庭生活中就自以为是，甚至不把男人放在眼里，久而久之，就在男人的心里失去了魅力。而长相丑陋的女人则不同，因着自己没有姿色上的本钱，在生活中就会加倍地努力。

中国古典《聊斋志异》中有一个名叫洪大业的人，他的老婆朱氏就是个很典型的例子。朱氏的长相可以说是百里挑一，可丈夫洪大业却偏偏喜欢上了丫鬟宝带，还纳她为妾。宝带姿色平平、丰乳肥臀，长相上根本就无法与朱氏相比，洪大业却对她宠爱有加。这样一来，家里免不了风波不断。

洪家的这种状况，成了周边邻居茶余饭后的话题。

洪大业也为此深受困扰，便下定决心搬了家。他新住处的邻居是个绸缎庄的老板，姓狄。据说，这个狄老板有个癖好，就是妻妾同居。狄老板的小妾与洪大业的小妾宝带完全不同，正值妙龄，还是个难得的美人。但这个小妾与狄老板的太太恒娘相处得十分融洽，绸缎庄里风平浪静，从来听不到争吵之声。这也成了街头巷尾的热门话题。

　　自从洪家搬来之后，两家的女主人很快就开始交往。她们两家成了邻居，交往是必然的；而且两家的丈夫都纳了妾，算是同病相怜吧。朱氏与恒娘在交往的过程中，情投意合，很快就成了无话不谈的好朋友。一天，朱氏向恒娘请教道：

　　"不知为什么，我家那个老洪整天迷恋宝带。你家狄老板对你们俩都宠爱有加，真让我羡慕啊。你有什么御夫之术，能教教我吗？"

　　"可不能为了别的女人的事情与丈夫吵架。再怎么说，到最后还是我们自己吃亏啊。你越是阻止他跟别的女人亲近，就越是把他推到对方的怀里。这还真是件要好好动脑筋的事情呢。"

　　听了恒娘这一番话，朱氏顿时有了茅塞顿开的感觉。

　　"你说的'好好动脑筋'，该怎样做才好呢？"

　　"有时候，你丈夫是不是也想来你房间？那时，你就故意装出若无其事的样子，把房门锁了，不让他进去。这是一个办法，你不妨可以试一试啊。"

　　从此，朱氏按照恒娘教的方法，不再在洪大业的面前抱怨宝带了，而且脸上还整天露着微笑。有时夜里，丈夫想进她的房间，她虽然也很想接受，但还是咬紧牙关，曲意拒绝。

就这样坚持了个把月，朱氏把自己的情况说给恒娘听。恒娘道：

"你这样忍着一定很难受。但还是得忍啊，现在可是关键的时候。你太漂亮了，从今天起，你不要再化妆，素面朝天，穿上破旧的衣衫，每天与女佣们一起干活。就这样再试一个月看看吧。"

虽然朱氏不知道恒娘让自己这么做的本意是什么，但还是愿意照着她的方法试一试。于是，她既不梳妆打扮，也不涂脂抹粉，穿上旧衣衫，与女佣们一起料理家务，纺纱织布。

朱氏这么贤惠地劳作，果然引起了丈夫洪大业的注意，就让小妾宝带去帮忙。但是，被朱氏拒绝了。

就这样又过了个把月。一天，恒娘找到朱氏，道：

"明天就是三月三①了，我想在家里招待你，请一定赏光啊。不过，你该好好打扮一下，不能再穿身上的旧衣服啦。"

第二天，朱氏按照恒娘的意思，又坐到了梳妆台前，精心地打扮了一番，穿上漂亮的衣服，来到了恒娘家。一见面，恒娘便故作惊讶地说道：

"啊，你真漂亮！不过，我要让你变得更加漂亮。"

说完，恒娘就开始帮朱氏重新梳理发型。朱氏从镜子里看着自己的脸，发现恒娘只是帮自己换了一下发型，就焕然一新，像是变了个人似的。

接着，恒娘又麻利地帮朱氏翻新了上衣。在恒娘手里，朱氏原

---

① 三月三：农历上巳节，也称三月节、三日节，是源于中国的传统节日，韩朝、日本、越南亦有此节。该节日在汉代以前定为三月上旬的巳日，后来固定在农历三月初三。有些地区在这一天有扫墓习俗，顺便踏青，故又称小清明、古清明。

来那件老式的上装立刻变成了时兴的款式。接着，她又在朱氏的鞋子上缝制了一朵漂亮的花，就连鞋子也被她装饰一新。

"啊，真不错！今天你回家后，洪老板肯定会感觉大不一样。洪老板见到你之后，你什么也别说，赶紧回自己的卧房，就等着他来敲你房门吧。你可以让他进屋，但千万不能跟他亲热。你就这么再忍耐半个月看看。"

就在朱氏要回家的时候，恒娘又一次给她出了点子。朱氏虽半信半疑，但还是决心按照恒娘的话去做。

丈夫看着眼前这个好像换了个人似的漂亮妻子，不由得瞠目结舌。他发现，现在的妻子在原本美丽的基础上，又增加了难以言说的艳丽与妖娆。

"今天的三月节过得真开心。我还在恒娘家喝了点酒呢，真的很好喝啊。"

这么漂亮又可爱的妻子，对于丈夫来说，还是头一回感受到呢。他有些冲动，便张开双臂抱住妻子。谁知妻子像头小鹿似的，突然挣脱了他的怀抱，一头钻进卧室，"呼"地关上了房门。

他们之间已经很久没有亲热了，丈夫终于有些焦虑了。可他每次钻进老婆的房间，都会遭到对方坚决的拒绝。说来也怪，越是被妻子拒绝，洪大业就越是觉得老婆的美丽之上，还有一种妩媚的色彩，就越想得到老婆。

终于，洪大业想到了一个计策。他趁着老婆不在卧房里的时候，悄悄地躲在里面，等候老婆进来。

那天夜里，朱氏终于委身在丈夫怀里，任其爱抚亲热。洪大业就像新婚之夜一样兴奋异常，把妻子从上到下亲了个遍。

"我明天夜里还来哦。"

"不行,最多三天一次。"

朱氏给丈夫做了严格的限制。大业除了按照朱氏的规定去做,别无选择。

就这样,过了大概半个月。恒娘听完朱氏的情况汇报,不由得"噗嗤"一声笑了,道:

"已经没有问题了,就按照这个节奏进行吧。不过,往后的日子可特别重要哦。你的相貌虽然很漂亮,但我觉得你还缺乏一些风情。这个'风情'是从眼神开始的。你还需要花点功夫练练眼神啊。"

从此之后,朱氏就开始了"送秋波"的练习。这种练习其实还是很难的,既要练脸上的表情,又要练脖子倾斜的角度,还得练习嘴巴开合的程度。总之,要练出让男人看一眼就着迷的绝招来,每个细节都很重要。

教完"送秋波",恒娘又给朱氏讲起了"闺房术"。这下该轮到丈夫洪大业惊喜了:自己的老婆怎么突然就变得不认识了呢?如此一来,他对小妾宝带的热情渐渐地冷却了下来,朱氏在丈夫的心目中完全替代了当时宝带的地位。

"男人嘛,就是一种容易厌倦的动物。所以说,怎样使男人始终保持新鲜感,是我们一刻也不能放松的。你是个很漂亮的女人,但光凭漂亮的脸蛋儿还不行,还得下功夫研究男人的心理啊。男人对于弄到手的东西就不稀罕了,我们女人就是要利用他们这种心理,始终保持自身的新鲜劲,再就是绝不能让自己落在潮流后面。只要做到这两点,男人就会永远对你死心塌地。如果忘记了这两点,要想抓住男人的心,就难上加难。"

至此，恒娘言辞恳切地向朱氏推心置腹地谈了自己的心得。

就这样，洪大业与朱氏夫妇的日子过得和和美美。而朱氏与恒娘也愈加成了情深意笃的闺蜜。随着时间的推移，她们二人的情谊越来越令人羡慕。然而，有一天，恒娘向朱氏道出了自己的一个惊天秘密，她说：

"我一直都没敢告诉你……因为这涉及我的身世。我想，要是告诉了你的话，你可能就要看不起我了。我原本就不是人，是个狐狸。你别感到奇怪，这是真的。在我小的时候，就被继母卖给了人家。幸运的是，我遇到了这个有缘的丈夫，跟他结了婚，日子一直过得幸福而美满。可是，现在，我不得不与人类，不得不与我深爱的丈夫，不得不与你分别了。因为父亲得道成仙了，我必须去祝贺。但是，这一去，就再也没有回到人世间来的机会了。好不容易交了你这么个好朋友，今后却永世不能再见，真是痛苦啊。不过，万事都有缘分，我们也不必强求吧。"

说到伤心处，恒娘就抽抽搭搭地哭泣了起来。第二天早上，朱氏去邻居家一看，果真不见了恒娘的影子。朱氏守口如瓶，没有对任何人提起过恒娘的身世。所以，至今都没人知道恒娘是狐狸的化身。

前面我们说到，恒娘教给了朱氏许多驭夫之道，以及增加自身魅力的方法，说到底，就是一个"姿"字。

"妖"——牡丹花般的娇妍

说起"妖"这个字，很容易让人联想起"妖怪""怪异"这样一些词语。其实，这个"妖"字的原意是"娇妍"，也就是指女性逗人喜爱的笑脸。所以，"笑"里包含着一个"夭"字，在表音的同时，也起着会意的作用。

洛阳有个名叫常大用的青年，十分期待曹州之旅。原因就是，他比谁都喜欢牡丹花，而曹州这个地方，正是远近闻名的花卉名胜之地。

到了曹州，常大用为了能够更好地欣赏牡丹花，特意借宿在曹州著名的客栈——牡丹园。一天早晨，正当他在牡丹园中散步的时候，突然看到园中太湖石的假山旁，坐着一个睡眼惺忪的漂亮姑娘，旁边还陪着个邋里邋遢的老妈子。见到姑娘，常大用不由自主地打了一声招呼。可由于还有个老妈子在旁，姑娘没好意思跟他搭腔。自那之后，常大用的脑海里就全都是那个姑娘的影子。真可谓寝不安眠，食不甘味，几天下来，弄得心身憔悴。

一天晚上，那个老妈子悄悄溜进了常大用的房间，鬼鬼祟祟地说道：

"来，你赶快把这个喝了。这是小姐调制的毒药。"

常大用根本不信那是毒药，觉得她是在闹着玩，便一口气把药喝了。他不但没死，还感到肚子里特别清爽舒适，有股幽幽的香气一直往上涌。不一会儿，他就呼呼地睡着了。自那之后，又过了几天，当他再去牡丹园中散步时，猛然看到自己心仪的女子也在散步。常大用深深地吸了一口气，只觉得一股熟悉的香气渗进了体内——啊，这不就是前几天晚上喝的那碗药的香气吗？

他终于把女子那双柔软纤细的小手握在了自己的手心里。就在这时，他看见那个老妈子正向自己这边走过来。

"你瞧，那边有扇红窗户的房间，就是我的住处。夜里，你就翻墙过来吧。"

听到女子这样说，常大用真是喜出望外，简直不敢相信自己的耳朵。好不容易熬到晚上，他扛着梯子，悄悄地潜到女子房间的窗户下面。隔着窗户，他看到女子正在与一个身着白衣的漂亮姑娘下棋。等到夜深，老妈子又来催她们睡觉。没办法，常大用只得无功而返，决定明晚再来。

第二天晚上，房间里只有女子一个人。他便悄悄从窗口跳进了房间，一把将女子拥进怀里。

"你别这样，小心被玉版妹妹看见。你先躲起来，对，就躲在床底下……"

他按照女子的话，赶紧钻到了床底下。原来，昨天夜里与女子下棋的那个美人就是玉版姑娘。

"姐姐，你房间里怎么好像有男人的气味啊。"

躲在床底下的常大用有些提心吊胆。所幸的是，玉版邀女子出门去了。

大用没想到的是，第三天晚上，女子竟悄无声息地来到了常大用的房间里。

"昨天晚上，你从我的房间里拿走了一只系着紫色带子的玉如意吧？那不是我的，是玉版的。赶紧还给我罢。"

她说得一点也不错。昨天晚上，他久等女子不见，临离开时，顺手拿了这只如意。回到牡丹园客栈，夜里就把这只如意当成女子，搂着睡了一夜。

见女子走进屋来，常大用仿佛喜从天降，一把就把她抱到床上。他连忙脱去女人的裙衫，霎时间，女子身上那温热的气息，如同闪电般快速传遍他的全身……

那晚，女子兴致盎然地陪了常大用一夜。自那夜之后，每隔三天，她就会过来陪常大用一次。

常大用沉醉在女子的柔情蜜意中，竟然忘了洛阳归期。在曹州的时间长了，不知不觉花光了身上的盘缠。

"让你为我吃了那么多苦，真是对不住。我也有些积蓄，你就先用着吧。"

说着，女子将常大用领到了院子后面的桑树地里。女子拔下头发上的簪子，戳了戳石头后面的土壤，说道：

"就是这儿。你从这里挖下去，就能挖到一只陶瓮……"

常大用依照女子的吩咐，向下挖土。不一会儿，一只陶瓮就露了出来。并且，正如女子所说的那样，陶瓮里面装满了黄金。

"你知道吗？我们在一起的事情已经传开了。我们不能再在这里待下去了。你还是回洛阳吧，我随后就会过去的。"

于是，常大用雇了马匹装上行李，出了曹州城，一路往洛阳而去。等他回到洛阳家中的时候，不由得吃了一惊，那个女子竟已经先自己一步到了家里。常大用再看时，发现那个女子的神态十分平静，倒是他自己显得有些张皇失措。

常大用有个弟弟，叫大器。常大用还是独身，但大器早就结婚了。不幸的是，大器的老婆体质弱，长期卧病不起。

那天，常大用对女子道：

"我们两个已经相处这么久了，我还不知道你的名字呢。你叫什么名字啊？"

"知不知道名字有什么关系啊，你就叫我'仙女'吧，把我当仙女好啦。瞧你弟弟的老婆，现在病成这个样子。不过，依我看，他以后会有一个好家庭的。"

大用听着"仙女"的话，总有一种奇怪的感觉。但听完也就算了，并没有往心里去。可是，过了不久，大器的老婆就病死了。

"我妹妹玉版是个好姑娘，就让她给你弟弟续个后，怎么样？"

"仙女"如此这般地与常大用商量道。很快，这件事就办成了，婚事全是由料理"仙女"和玉版起居的老妈子——桑婆操持的。这个桑婆虽然当初给大用的第一印象不太好，但她实际上是心地善良的好人。

就这样，兄弟二人心满意足地过着幸福的日子。但是，俗话说，天有不测风云，人有旦夕祸福。一天夜里，来了几十个强盗，打劫了常家。常大用想尽量满足强盗的要求，赶紧打发他们走路，免得家人遭到伤害。可是，强盗头目脸上带着坏笑地开了腔：

"好说好商量，我们也不想背上杀人的恶名。今天一共来了58个人，你家就按照每人500两黄金的数量给钱吧。这是第一条要求。第二条嘛，听说你们兄弟俩的老婆都长得很漂亮，也给兄弟们带回去快活快活。"

说完这番话，那个家伙还舔了舔流到嘴边的口水。

常家的住宅是栋二层楼房，周围堆放着许多柴火。那帮强盗的要求若是得不到满足，他们放起火来的话，房子必然就会被付之一炬。能不能拿出那么多钱来暂且不说，还要把老婆掳上山去，真是岂有此理！可是，面对这么一大帮强盗，常大用兄弟二人一时都没了主意。就在这时，"仙女"和她妹妹玉版从二楼上款款地走了下来。再看她们身上的衣服，已经不是家常衣衫，而是一身华美的打扮，看上去还真有些令人目眩呢。

"你们这些强盗，给我听好了。我们是仙界的女子，岂能容得你们胡作非为！"

"仙女"言辞犀利，大多数强盗在这样的气势面前，开始面露怯色，只有那个头目还强打着精神，叫嚣道：

"别听她胡说八道。什么天上的仙女，还不都是老妈子下的种！"

那个头目嘴里叫嚷着，伸手就要来拽两个女人。可说时迟那时快，一眨眼，她们姊妹二人就飞向空中，不知了去向。那帮强盗亲眼见到了眼前发生的一切，立刻吓得浑身发抖，连钱都没敢要，就一溜烟地跑了。

又过了两年，"仙女"与玉版各生了一个孩子，她这才渐渐表明自己的身世。一次闲谈，她说："我姓魏，人称'曹国夫人'。"常大用有些怀疑，心想，既然被封为"曹国夫人"，肯定有来头啊，可是，曹州好像没有姓魏的世族大家啊。再者，他还清楚地记得，当年二人在曹州牡丹园的客栈里第一次和衾共枕时，她明明是个处女，怎么会是"夫人"呢？"曹国夫人"……这么说一定与曹州有关了。常大用打定主意，想着再去一趟曹州，也许就能弄清她的身世之谜了。

时隔多年，常大用又一次来到曹州。他访遍曹州城，果然没有魏姓家族，更没人听说过什么"曹国夫人"。这时，无计可施的常大用忽然想起了当年借居的牡丹园，便去拜访了客栈的老板。但见老板屋子里的墙壁上挂着一首诗，题目是《赠曹国夫人》。他连忙问道："曹国夫人是谁？"老板笑道："我这就与你去见'曹国夫人'。"老板领着常大用来到后花园，指着一株与屋檐一般高的牡丹说："这就是曹国夫人。"他告诉大用，这株牡丹在曹州牡丹花比赛中名列第一，被封为"曹国夫人"，并且介绍说这是最名贵的牡丹品种，人称"葛巾紫"。

大用了解到这些情况后，心中很是惊骇。他怀疑自己娶的女子是花精，弟弟娶的玉版也是花精。

大用回到洛阳，见了老婆，就把拜访牡丹园老板的经过说了一遍，还拿老板墙上挂的那首《赠曹国夫人》诗来试探她。

女子见大用这样怀疑自己，觉得受了极大的屈辱。她没想到，真心相爱的人竟然会怀疑自己。她立即吩咐人让玉版妹妹把孩子抱来，也把自己的孩子抱在怀中，神情凄切地对大用说道：

"三年前，承蒙你真心喜欢我，我也真心实意来报答你。今天遭到你的怀疑，我们也就无法再留在这里了。"

　　话音刚落，她便与妹妹一起举起怀中的孩子，远远地向常大用抛去。

　　两个孩子一落地就不见了。常大用惊慌回头看时，她们姊妹俩也不见了。

　　常大用悔恨不已。

　　过了几天，在两个小儿落地的地方，竟然长出了两株牡丹花苗。而且，这两株牡丹苗长得非常快，一夜之间就长了一尺多高，当年就开了花。一株开的是紫花，一株开的是白花。花朵都比盘子还大，比一般的葛巾、玉版花瓣更多，颜色也更美丽。

　　从此，常家的牡丹花堪称洛阳之最。而知道这花儿悲惨身世的，除了常家兄弟之外，再无别人。在他们兄弟俩的心目中，这花儿既是可爱的妻子，也是可爱的孩子。

如梦似幻的女子

那个妙龄女子，身穿名贵的和服，脚踩漆制的木屐，肩头斜支着一柄轻云似的阳伞，风情万种地倚立在蛇之崎桥①头的栏杆旁，若有所思地目送潺潺河水奔向远方……绵绵细雨已经连着下了三天，天空依旧是阴沉沉的，几乎看不到一丝天晴的迹象。河滩上的树林间，不时传来阵阵蛙鸣声，清脆而悠扬，恰似那个妙龄女子清澈明媚的眼神。西边天际，夕阳已经收起了最后的一抹晚霞，暮色开始笼罩古老的"城下町"②。这是一个不大的镇子，按理说，有

---

① 蛇之崎桥：位于日本秋田县横手市的一座桥，是日本的"一百名桥"之一。每年7月，当地的人们在该桥附近的川原举行"横手全国线香花火大会"；每年8月，当地的人们在该桥上举行"盂兰盆节"祭祀活动。
② "城下町"：日本古代都城的一种布局形式，以领主居住的城堡为中心向四周延展。不过，自江户时代之后，城市的这种布局有所改变。人们不再限定于以城堡为中心、以战争防御为目的筑城，开始修建以行政设施为主的"阵屋町"。但人们还是习惯地将之称为"城下町"。

这么一个漂亮的女子，早该家喻户晓了。可是，根本就没人知道她是何人，来自何方。

这样一来，这个打着雨伞，亭亭玉立站在桥头暮色里的妙龄女子，自然就成了小镇上百姓街谈巷议的热门话题。这女子到底是什么来历？人们都在发挥想象力，纷纷猜测。最后，有"权威人士"得出了结论。认为那是"狐狸精"变化而成的美女。可是，自从这个说法不胫而走之后，在黄昏的细雨中，桥头的栏杆旁，人们再也见不到那个袅娜的身影了。于是，那些津津乐道的人们，就似乎愈加确证了她"狐狸精"的身份……

说到这里，久助君停了下来，略微喘息了一下。接着，他随手端起面前的茶杯，一仰脖子，喝光了杯中的茶水。在我们期待的目光中，又开始往下讲他的故事：

原先，这条河的沿岸开着好几家染坊，印染各色各样的棉布。可是，随着时局的变化，印染行业开始走下坡路。没几年工夫，就全都倒闭了。我刚才说的那件事，还是河岸上印染业兴隆的时候发生的。不过，这个乡镇多少年来也没发生过什么大的变化。每到夏季，青蛙的叫声还是那么此起彼伏，一阵接着一阵。

河道两边的蛙鸣，绵绵细雨声，阴云密布的天空，美艳如花的女子，还有悄然降临的暮色……大概都是这个季节特有的景致吧。

"冈本子"①这种音乐已经在这个镇子上流传了许多年。它曲调

---

① "冈本子"：即冈本新内，是日本秋田县横手市雄物川镇的民乐。秋田县素有"东北民谣宝库"之美誉，县内传承的众多民乐常常在婚礼、祭祀活动的宴会上演奏，"冈本子"即其中之一。同时，"冈本子"这种音乐还是横手市的非物质文化遗产。

清新，旋律优雅，绝非乡间那种粗犷的风格可比。

初次相会不相识，

命运让我们相遇在一起。

要是能够成为你的老婆，

哪怕再苦再累，

也要与你白头偕老。

远处，隐隐约约传来三味线弹奏的旋律。突然，那个曾经被人说成是狐狸精的年轻女子，仿佛一下子就从三味线的旋律中跳了出来，映衬着艳丽的晚霞，令人有一种不安的感觉。

据传，七代目市川团十郎①的弟子中，有个名叫团之丞的演员。不知为什么，他从江户来到了这个乡间僻壤。有人猜测他是追随爱人而来到这里的。但不管是什么原因，正是由于他的到来，冈本新内那哀怨的曲调，才有了在这个"城下町"传唱的可能。

如果事情果真是这样的话，我似乎隐隐约约地感觉到，在那三味线曲调的深处，隐藏着团之丞未竟的梦想。我虽然不知道事情的原委，却也能真切地感受到他内心深处的忧伤……

久助君抬起头来朝廊檐下望去。那是一片茂密的竹林，四周长满了低矮的蜂斗菜。再往前去一点，就是河滩，青蛙声声，依旧不绝于耳。

---

① 七代目市川团十郎（1791—1859）：日本化政至天保年间活跃在江户的歌舞伎演员，俳名有三升、白猿、夜雨亭、寿海老人、子福者、二九亭等。

伫立在蛇之崎桥头的栏杆旁，目送河水流淌的年轻女子到底是不是狐狸变化的？人们早已无从考证。但在当地一直有一种传说，认为她与那个团之丞之间有着说不清道不明的关系。团之丞抛妻别子，丢下京城的工作跑到乡间来，想必一定有难以言说的衷曲吧。在人们眼里，如果说他是因为背负情债而来到这里，岂不就能与站在桥头、悲叹流水东逝的年轻女子联系上了？他们在这个镇子上隐居，与谁也不来往，不是私奔又是什么？于是，人们就编排出了"狐狸的故事"，总算是把这两个人扯到了一起，也就心满意足了。

　　久助君说完这番话，脸上露出了平静的笑容。

　　"你是说那个花吗？我们这里叫它'鳎花[①]'。看上去很寂寞的样子吧？"

　　前面的院子里有一处灌木丛，树上开着密密麻麻的白花。被雨云凝重的天空映衬得愈加苍白的花朵，恰似忽隐忽现在雨伞影子里的女人的脸庞。

　　"啊，对不起，占用了您这么多的时间。洗澡水已经烧热了吧？您请吧！"

　　说着，主人久助君站起身来。

　　我又想起了桥上那个如梦似幻的女子，便低下头来，在笔记本上写下这么几句不伦不类的话，不知能不能作为歌词：

　　　　你在桥上看流水，

　　　　流水在桥下看着你。

---

① 鳎（ruò）花：花为粉色，学名叫锦带花。

你在那时看风景，

我在这时想起了你。

放下笔，我跟久助君要过毛巾，走进了雾气腾腾的浴室。隔着浴室的玻璃窗，我看到窗外的百合花刚刚张开了笑脸。不知何时，三味线的乐曲声已经消失，而外边的绵绵细雨还没有停歇。

荷风文学中的女性形象

　　永井荷风平生最憎恶的，莫过于虚伪。可是，他往往不是直接表达自己对虚伪的憎恶的，而是通过表达对无知女性的怜爱之情，用"正话反说"的手法，来隐喻自己真实的想法。所以，如果仅从表面来理解他的那些作品的话，就会误以为他是在主张不要对女性实施教育，只要让她们始终保持朴素纯情的无知就可以了。让我们来读一读他明治四十五年（1912）2月发表的小说作品《讨债》。在这篇小说中，荷风以他惯用的手法，描写了两个女性：一个是外出讨债的女佣阿叶，这是一个朴实的女孩；另一个是犬山的老婆，是一个接受过教育、喜欢侃侃而谈的女人。作者毫不忌讳地表达了对阿叶的欣赏和对犬山老婆的厌恶。在这篇小说中，从作者对待两个女性的态度上看，似乎是在否定知识女性。而事实上，荷风所厌恶的是她的行为举止所流露出来的虚伪性，而绝非否定知识女性本身。与这个例子相类似的，还有《新桥夜话》①中那篇题为《名花》的小说所刻画的小锻冶这个人物。小锻冶是个艺妓，虽说不是知识女性，但能够真切地感受到她对当时社会上流行的现代主义②思潮的愤慨与批判。

因而，荷风在小说《感冒》中所塑造的那个将自己的纯真爱情无私地奉献给身患疾病而又失去工作的男子的妓女增吉，以及小说《松叶》中的妓女小玉等人的形象，更加充分地表露出了他对社会底层女性的关切之情。

诚如佐藤春夫先生所指出的那样，荷风创作初期的那部与《濹东绮谭》③同样杰出的作品《妾宅》，并非是对纳妾这种社会现象的肯定与颂扬，而是体现了一种强烈反抗当时虚伪狡诈的社会风气的精神。也就是说，解读荷风文学的关键，在于能否明察荷风作品所采用的"正话反说"的表现手法的背后，他所传递给我们的他的真正思想。

永井荷风的名作《隅田川》④中的常盘津⑤师傅阿丰也好，阿系

---

① 《新桥夜话》：永井荷风的小说集。1921 年 11 月由籾（ní）山书店出版发行。
② 现代主义：19 世纪末期至 20 世纪初期，日本出现的一种文艺思潮。一般是指现代思想、风格等的实践活动，以及作为它的依据的哲学、意识形态体系。
③ 《濹（mè）东绮谭》：日本小说家永井荷风的小说作品，1937 年在日本《朝日新闻》连载。曾被多次改编成电影。以挪揄与嘲笑的笔触描写了战争年代日本的黑暗形势和奇怪的社会风气。以优美哀伤的笔触描写了小说家大江匡与妓女阿雪的恋情，为永井荷风的代表作。
④ 《隅田川》：日本作家永井荷风的中篇小说。1909 年 2 月刊于《新小说》杂志。1911 年 3 月，由籾山书店出版发行荷风小说戏曲集《隅田川》时，将其列为卷首。
⑤ 常盘津：即常盘津节，日本三味线音乐的一种表演形式，由表演净琉璃的太夫与三味线弹奏所组成。

也罢，都不属于开放型的女性。可是，在荷风看来，如果所谓"开放女性"只是一些矫揉作态之徒的话，还不如像阿丰、阿系这样拘泥于淳朴感情的女子更让人感到舒适。荷风认为，那些被人情世故所左右的"开放女性"，完全就是"虚伪"的代名词。这种女性观，我们从荷风晚年的作品中是能够明显感受到的。这也可以说是贯穿于荷风全部作品的灵魂吧。我想，很多现代女性都是不能认同这种观点的。她们不仅不会领会荷风对她们的爱护，甚至会蔑视他的真诚与好意。但不管别人怎样看，我必须特别强调一点，那就是，荷风是因为热爱真诚、憎恨虚伪，而采用了如此"正话反说"的手法。赞美无知的娼妇，绝不是他的真实意图。我认为，荷风的本意绝不是希望世上所有女性都具备他作品中所认可的"妓女精神"。换句话说，荷风所赞赏的，只是那种没有虚伪的善意，而并非什么"妓女精神"。他想告诉人们的是，就连在妓女那样的无知女性身上都能够找到不带虚伪成分的善意，那么，作为社会上的知识女性，岂不更加需要好好反省自己的言行？

永井荷风在《雨潇潇》①这篇作品中，直截了当地指出，虚伪的女性是多么令人难以忍耐。他的这篇作品，既具有很强的趣味性，又可以看作是女性人格培养的失败案例。归根到底，他要告诉读者的是，那种表面"镀金"培养女性的做法，绝不是塑造她们美好心灵的有效方法。

大正七年（1918）1月，荷风发表了《竹叶》这篇滑稽小说，是以戏剧化的手法创作的作品。读者只要稍微用心读一下就不难发现，

---

① 《雨潇潇》：1935 年 9 月由野田书房出版发行。

作者的本意是要写成一篇讽刺小说的。这篇小说的男女都是些轻薄浮躁之徒，而作品中的女人们，更是无知且又贪婪成性。在这样的故事情节中，我们可以清楚地看到荷风的倾向性。他丝毫都没有赞美女性无知的意思，而是赤裸裸揭露了那些因无知而不知羞耻、虚伪、奸恶的女性。

荷风在大正五年（1916）8月发表的小说《掰腕子》，在人物、故事方面与《竹叶》有着很大的区别。其中描写女主人公妓女驹代时，不难窥视出作者内心的柔软与温情。无论怎么命运多舛，无论怎样挣扎在礼义廉耻的束缚之中，驹代都不抱怨，也不憎恨别人，不苟且去做虚伪欺诈的勾当……也许正因为这样，作者在小说的末尾，给了驹代一个幸运的结局——成了新桥尾花家长期雇佣的艺妓。驹代陷入了巨大的狂喜，正如荷风所写的那样：

"一时间，她的心底仿佛涌起一股巨大的热浪。她连忙用两只袖口遮掩住面颊……"

以暗娼生活为题材的作品，荷风还写过一篇题为《见不得阳光的花儿》的小说，女主人公是暗娼千代。她虽然是一个水性杨花的女人，可在与男友重吉的爱情上，却表现得很好，尽管重吉是个很不着调的男人。在写千代对重吉的爱情方面，荷风不是直接写千代如何表白自己的爱意，而是通过写无论重吉再怎么没出息，她都始终不离不弃，并且甘愿为对方承受苦难。这样的细节描写，向读者展现了千代对重吉深切的爱恋。而且，在千代对女儿多美的爱上，着墨也十分委婉。当她觉悟到女儿也将会像自己一样，成为"见不得阳光的花儿"的时候，内疚与悲伤便涌上心头。于是，她总是喜欢看着女儿的脸庞，总是喜欢与女儿没话找话说。荷风如此着墨，看上去很平淡，还容易陷入"薄情"的误区，却能够最大限度地诱发读者对千代凝重的爱情产生恻隐之心。在小说的末尾，荷风以女儿多美给母亲写信的形式，对千代作了评价。他这样写道：

"您看上去是那么年轻漂亮。您既不喜欢道他人长短，也没有人说您的坏话。所以，谁也不会觉得您是个坏人。可您不懂得节制，一头钻进钱眼里，后果是很可怕的。"

以上的这段话，看上去是女儿对母亲的评论，实际上是作者对千代的评价吧。由此可以看出，作者内心深处还是对千代怀有好感的。

荷风"怀有好感"创作的女性形象，我们还可以列举出《濹东绮谭》一书中所写到的"玉之井铭"酒屋的女招待阿雪。这个阿雪浑浑噩噩，没有文化但非常善良，从性格上来看，也是个颇有几分惹人疼爱的女孩。虽然阿雪一直想攀上个可靠的男人，弃邪从良，但是她并不像有些女人那样，不惜采用各种手段达到自己的目的。总之，她是个具有恭敬而谦逊品德的女子。

阿雪并不想逆着命运的激流而上，去做奋不顾身的努力，只是喜欢静静地等待命运的裁决。她那恭敬而谦逊的性格，并非源于自身地位低微的自卑感，也并非她刻意塑造的美德，不过是她在那样日复一日的环境中自然养成的一种安适的心情。阿雪，就是这样的一个女人。

荷风对阿雪所怀有的"好感"，既非出于怜悯之情，亦非出于慈悲的襟怀，可以说完全是一种水到渠成的意境。当然，若想全面了解荷风这种"好感"形成的过程，那就需要我们用心去阅读和理解他的作品了。

概括起来讲，荷风对其作品中所描写的女性的态度，大致可以分为两种类型：一种情况是以冷峻的笔触，揭露某些女性贪得无厌的兽性与无耻；另一种情况则是虽然题材相同，流露出的却是怜悯与慈悲的情怀，并且，读者还能真切地感受到作者蕴含其中的温存的"好感"。如前面所提到的《竹叶》中涉及的女性，还有《雨潇潇》前半部分涉及的女性，都可以归结为前者；而《掰腕子》中的驹代、《濹东绮谭》中的阿雪等，无疑都属于后者。

但是，如果我们再严格一点来分析的话，在荷风的作品中，他对某些女性并没有表明自己喜爱或是憎恨的态度。其中一个很好的例子就是，他在昭和六年（1931）10月出版的长篇小说《梅雨季节》中所写的女招待君江。

君江是个一夜能接三个男人还会玩弄花样的淫妇。她既无道德可言，亦不懂得反省是何物，只是一个美艳的雌兽罢了。荷风用这样的一段文字来描写君江：

"这个君江，男人不管怎样心情不好，只要去找她，就会被她伺候得舒舒服服，乐不思归。她坚信自己的魅力，天下的男人都会迷倒在她的石榴裙下，没有例外。说到魅力，君江的肌肤生来就带着温润与幽香。即使她不使用任何的技巧，哪怕只是跟她上过一次床的男人，也会终生难忘。"

奇怪的是，君江在物质生活方面却没有什么特别的欲望，比如食物、服饰、住房等，她十分淡然，或者说毫无兴趣。她只是热衷于跟男人上演淫戏，是个欲火熊熊的女人。

荷风对君江既没有褒扬的言辞，也没有谴责的词句；既没有慈悲的怜悯，也没有辛辣的嘲讽。只是用他那支入木三分的笔，冷峻地给君江绘出了一张素色的画像。

如此说来，要想更准确地评价荷风文学中的女性形象，我想还是该分出第三种更好吧。类似《梅雨季节》这种采用散文的白描手法塑造女人形象的例子，在荷风的作品中也不在少数。比如，在小说《卷发》中，公司职员仲田在处理儿子恭太郎恋爱纠纷时，发现对方竟是自己20多年前相处过的女人。而当仲田再次约见那个女人时，心底却产生了一种深深的挫败感。在《女佣的话》一文中，女主角是个女佣。她后来做了舞女，就离开了男主人。可是，当她再一次回到主人家，却还是忍不住与男主人同床共枕。在《问号》这篇小说中，荷风描写了一个画家与四个女人的混乱关系。还有他战后所写的如《饭团》《畦道》《人妻》《出卖》《采购》等诸多的短篇小说，作者都没有表示出自己爱憎的倾向，只是采用白描的手法，描写出了当时社会的原生态。他所捕捉的那些女性的原生态，其实就是提供给读者的批评对象。昭和十九年（1934）1月脱稿的小说《舞女》，从他所塑造的那个毫无意志力的少女身上，读者一定能够感受到荷风文学塑造人物的新境界。

　　我们能够体味到，在塑造这些女人形象时，荷风自身的态度与情感，并非是随着时间的推移而变化的。他并不是在某个时期专写自己憎恶的对象，而在某个时期则倾注着爱怜之情去写另外一些女性。例如，他在很早以前的大正十一年（1922）3月发表的小说《融雪》，写的是一个冬天冰雪消融的日子，一直游手好闲的男人兼太郎在浴室里与久无音讯的亲生女儿不期而遇。而此时，他的女儿已经成了这个浴室的接客女。我们从父亲感慨万千地看着女儿跟着情人匆匆离去的背影这样的一个场景，马上就能窥见《掰腕子》中吴山老人对于驹代的心情，《濹东绮谭》中小说家"我"对于阿雪的心情……在荷风的笔下，这样的情感，可以说是一脉相承的。由此我们也能够感受到，荷风对于《融雪》中的"女儿"，也是怀有"好感"的。而我们要是将他的《掰腕子》《融雪》和《濹东绮谭》等几部作品比较一下的话，它们的创作时间相距是相当长的。时间虽然隔得很久，但在作者的心底，却住着同样性情的女人，并且总是能够以同样的姿态出现在读者的面前，不能不说是一件令人啧啧称奇的事情。

荷风所描写的女性，其实是有一定局限性的。他笔下的那些女性，大多是陪酒女郎。这也可能是出于荷风的某种下意识吧。我认为，荷风文学女性形象的塑造，是一个值得我们深思的有趣课题。

图书在版编目（CIP）数据

女人的心思 /〔日〕奥野信太郎著；王新民，王熹微
译 . —上海：上海三联书店，2021.11
（洋眼看中国）
ISBN 978-7-5426-7498-2

Ⅰ.①女… Ⅱ.①奥… ②王… ③王… Ⅲ.①随笔—
作品集—日本—现代 Ⅳ.① I313.65

中国版本图书馆 CIP 数据核字（2021）第 146934 号

女人的心思

著　　者／〔日〕奥野信太郎
译　　者／王新民　王熹微
责任编辑／程　力
特约编辑／蔡时真
装帧设计／鹏飞艺术　周　丹
监　　制／姚　军
出版发行／上海三联书店
　　　　　　（200030）中国上海市漕溪北路 331 号 A 座 6 楼
邮购电话／021-22895540
印　　刷／三河市中晟雅豪印务有限公司
版　　次／2021 年 11 月第 1 版
印　　次／2021 年 11 月第 1 次印刷
开　　本／640×960　　1/16
字　　数／109 千字
印　　张／13.5

ISBN 978-7-5426-7498-2/Ⅰ·1718

定　价：49.80 元